KB213805

오른손으로
왼쪽 무릎을 쳐라

샐러리맨의 골프신화, 한국의 하비 페닉 이광희의 골프 해법

오른손으로
왼쪽 무릎을 쳐라

이광희 지음

집사재

오른손으로
왼쪽 무릎을 쳐라

초판 1쇄 인쇄일 ｜ 2012년 8월 15일
초판 1쇄 발행일 ｜ 2012년 8월 20일

지은이 ｜ 이광희
발행인 ｜ 유창언
발행처 ｜ 집사재
출판등록 ｜ 1994년 6월 9일
등록번호 ｜ 제10-991호

주소 ｜ 서울시 마포구 서교동 377-13 성은빌딩 301호
전화 ｜ 335-7353~4
팩스 ｜ 325-4305
e-mail ｜ pub95@hanmail.net / pub95@naver.com

ISBN 978-89-5775-147-3 03810

값 13,500원

이 책을 읽는 독자들에게

골프란 무엇일까요? 골프가 대중 운동으로 자리매김하게 된 이유는 도대체 무엇일까요? 왜 사람들은 필드에 나가면 파를 잡으려고 목을 맬까요? 아마 그것은 싱글이 되고 싶거나 아니면 이븐 파를 치기 위한 욕망일 것입니다. 하지만 골프는 욕심을 부린다고 되는 것이 아닙니다. 골프를 잘 치려면 우선 몇 가지 선행되어야 할 조건이 있습니다.

첫째는 경제적인 여유가 있어야 합니다. 일주일에 최소 한두 번은 필드에 나가서 잔디와 친해져야 하는 데 그러려면 돈이 듭니다. 골프에 비용이 많이 드는 우리나라에서는 특히 그렇습니다.

두 번째는 시간적 여유가 있어야 합니다. 대부분의 골프장이 도심으로부터 멀리 떨어져 있어 골프를 치려면 하루를 버려야 한다고 합니다. 직장에 매여 있는 월급쟁이는 언감생심 생각할 수도 없습니다. 주말골퍼들에게 골프는 취미일 뿐입니다. 취미는 여가로 하는 것이지요. 특히 골프를 취미로 하는 아마추어들의 연령층은 30대 후반이 주를 이룹니다. 그들은 이미 신체적으로 유연성이 떨어질 나이라서 골프를 배우는 데 한계가 있습니다. 연습을 무리하면 부상을 당할 수 있다는 것입니다. 아마추어들은 이를 망각하고 프로선수를 자신의 롤 모델로 합니다. 이는 처음부터 골프 접근방법에서 단추가 잘못 끼워진 것입니다.

"골프요? 참으로 어렵죠."

어느 광고 방송에 출연한 티칭프로의 말이 이를 대변해줍니다. 하지만 프로가 아닌 아마추어의 입장에서 보면 골프가 그렇게 어려운 것만은 아닙니다. 왜냐하면 핸디캡 제도가 있기 때문입니다.

핸디캡은 남녀노소 할 것 없이 모든 골프가 평등한 입장에서 칠 수 있게 만들어 놓은 아주 좋은 제도입니다. 따라서 필드에 나가면 굳이 파를 하려고 애쓸 필요가 없습니다. 파는 원래 프로나 스크래치 골퍼들의 기준타수입니다. 핸디캡이 90대라면 보기를 한다고 치는 겁니다. 어쩌다가 파를 하면 덤이라고 생각합니다. 덤은 누구에게나 기분 좋은 것입니다.

잭 니클라우스는 아마추어가 보기플레이 정도면 된다고 말했습니다. 보기플레이는 잘 치는 사람으로부터 핸디캡을 받을 수 있어 내기를 해도 질 염려가 별로 없으니 더 잘 칠 필요가 없다는 겁니다. 대신 즐기라는 거죠. 오히려 잘 치려고 스코어를 쫓다보면 자칫 사람이 추해질 수 있다고 합니다. 사실 보기플레이도 쉬운 것은 아니지만요. 아마추어들이 보기플레이 정도 치기 위해서는 이 책을 읽기를 권합니다. 주옥같은 내용이 여러분들을 골프로 안내할 것입니다.

이 책은 제5장로 나뉘어져 있으며 제1장은 골프와 인생, 제2장은 골프실력을 키우기 위한 해법, 제3장은 골프룰과 매너, 제4장은 골프를 즐기려면, 제5장은 골프에 얽힌 이야기입니다. 제목마다 A4용지

한 장의 분량으로 내가 30년 동안 필드에서 터득한 실전경험을 바탕으로 쓴 골프철학이 담긴 글이기에 소설처럼 처음부터 읽지 않아도 될 뿐만 아니라 골프를 잘 모르는 사람이라도 부담 없이 읽을 수 있을 것입니다. 이 책은 진정 여러분들이 골프를 쉽게 배우고 익히는데 길잡이가 될 것을 믿어 의심치 않습니다.

끝으로 이번에 이 책이 나오기까지 물심양면으로 애써준 집사재의 유창언사장님에게 감사의 말씀을 드립니다.

2012년 7월 15일

이 광 희

차례

제1장 골프와 인생

제2장 골프실력을 키우기 위한 해법

제3장 골프룰과 매너이야기

제4장 골프를 즐기자

제1장

골프와 인생

누구에게나 기회는 온다

사람이 세상을 살다가 나이가 들면 은퇴를 한다. 지금으로부터 13년 전인 1999년 나는 58세의 연령으로 얼떨결에 은퇴를 했다. 얼떨결이라는 표현이 좀 이상할지 모르지만 그때는 그랬다.

월급 한 번 늦어 본 적이 없는 직장생활을 34년 동안이나 해왔으니 온실에서 살아온 우물 안 개구리라고 해도 지나치지 않을 만큼 세상 물정을 몰랐다. 마침 IMF로 인해 기업들은 몸통 줄이기에 급급했고 정년을 2년 앞둔 중역이었던 내가 퇴출대상이었다는 것을 미처 알지 못했다.

그렇게 자의반 타의반 은퇴를 하고 나서 한심했던 것은, 평생 먹고 살기 위해 앞만 바라보고 살아왔으니까 이제는 쉬면서 운동이나 하고 여행을 다녀야겠다는 현실과 너무 동떨어진 철딱서니 없는 생각을 했다는 사실이다.

직장생활할 때 2년마다 한 번씩 퇴직금을 정산해온 회사로부터 받은 퇴직금은 코끼리 코의 비스킷이었다.

처음 며칠 동안은 회사에 출근을 하지 않아서 마음이 편했다. 평소 자주 못 보던 친구들과 만나 술도 한잔하면서 늦게 귀가해도 집에서는 아무 소리가 없었다. 하지만 하는 일 없이 집 안밖에서 빈둥거리다 보니 상황은 달라지기 시작했다. 가족들이 나를 대하는 눈이 달라졌고 나 또한 가족들에게 눈치가 보이면서 처음으로 고독함을 느꼈다. 나에게 우군은 없었다. 하루하루가 앞이 안 보이는 뿌연 안개 속을 달리는 그런 심정이었다. 직장을 그만둘 때만 해도 상상도 하지 못했던 일이었다. 미칠 것만 같았다. 그렇다고 명색이 큰 직장에서 중역까지 한 사람이 리어카를 끌듯 닥치는 대로 막노동을 할 수도 없었다.

그러던 어느날 골프방송이 제주도에서 아마추어골프 이벤트를 개최한다는 소식을 접했다. 초겨울의 날씨 때문인지 따뜻한 제주에서 대회를 여는 것 같았다. 머리를 식힐 겸 집사람에게 이야기를 했더니 다녀오라고 흔쾌히 승낙을 해주었다.

1999년 12월 초였다.

지금 생각해 보면 그 당시 제주도는 나에게 구세주였다. 직장을 은퇴한 아마추어골퍼가 젊은 사람들을 제치고 우승을 한 것이다. 골프 채를 손에 잡은 이래 처음 있었던 일이다.

뜻밖의 우승은 날개 없는 추락으로부터 나를 심기일전할 수 있게 해주었고 제2의 인생을 살아가는 데 새로운 전기가 될 줄은 꿈에도 생각하지 못했다. 물에 빠진 사람은 지푸라기도 잡는다고 했다. 대회

16

에서 우승은 물에 빠진 나에게 지푸라기와 같았다. 나는 그것을 붙잡기 위한 발상의 전환이 필요했던 터였다. 마침 아는 사람으로부터 인터넷에 골프에 관한 글을 써보지 않겠느냐고 제안이 왔다. 여느 때 같았으면 손사래를 쳤겠지만 그것도 나에게 주어진 절호의 기회다 싶어 얼른 받아들였다. 사실 나는 글을 써본 경험이 없었다.

그런 일이 있고 나서 나는 우연한 기회에 골프 레슨프로가 됐다. 환갑이 다된 나이에 미국골프지도자협회에서 실시한 레슨프로테스트에 합격을 했다. 취득한 자격증의 잉크가 채 마르기도 전에 분당에 있는 한 스포츠센터에 골프지도자로 일을 하게 되면서 최고령의 레슨프로가 된 것이다. 천우신조가 아닐 수 없었다. 나는 골프양식을 키우기 위해 골프와 관련된 책을 닥치는 대로 사서 읽었고 관련 기사를 꾸준히 스크랩을 했다.

4년 반 동안 스포츠센터에서 근무하면서 나는 1만 번이 넘는 레슨 '기록'(?)도 세웠다. 나의 골프레슨 방법은 기존의 레슨과 달라서 초보자에게 퍼팅과 어프로치 그리고 드라이버는 5번 우드부터 가르쳤다. 독특한 지도방식만이 레슨프로로 살아남을 수 있음을 터득한 나는 이론보다 실전위주의 멘탈을 가미했다. 결국 골프는 퍼터부터 드라이버까지 '오른손으로 왼쪽 무릎을 때리는 기분으로 스윙해야 한다'는 나만의 레슨노하우를 개발했고 이를 뒷받침하기 위해 미국 애틀란타의 '티칭프로 아카데미'에도 다녀왔다.

2006년에는 충남 천안에 있는 나사렛대학교 대학원 평생교육원에서 골프담당 겸임교수 제의가 들어와 자리를 옮겼다. 한마디로 도전의 연속이었다. 그곳에서는 은퇴한 세대들 뿐만 아니라 나처럼 골프 지도자가 되고자 하는 사람들을 가르쳤다. 그런 와중에 경기도 의왕시에 있는 한 초등학교에서 일주일에 한 번씩 주니어들에게 무료 레슨을 봉사하면서 그들에게 골프에서 가장 중요한 인사예절과 퍼팅 그리고 숏게임을 지도했다.

인터넷에 까칠골프라는 개인카페를 만들어 바른 골프문화캠페인을 벌이면서 아직도 같은 연배의 사람들에게 골프를 가르치고 있다. 지금까지 약 13년 동안 제2의 인생을 살아오면서 나는 오직 골프를 위해 살아왔다고 자부한다. 나이 40만 돼도 일선에서 물러나야 하는 국내 골프레슨업계의 현실에서 아마 나 같은 경우는 드물 것이다. 하지만 기회는 누구에게나 온다. 단지 기회는 잡아야만 의미가 있다. 도전하는 사람만이 기회를 잡을 수 있다.

골프장에 웬 복면?

　며칠 전 나는 경기도 안산에서 사업을 하는 처조카로부터 골프초청을 받았다. 그는 내가 쓴 '골프사랑 30년'을 읽고 감명을 받았다며 한턱 쏘겠다고 했다.

　아내의 말에 따르면 그는 젊어서 사업을 시작했는데 요즘 같이 경기가 어려운데도 잘 나가는 편이라고 했다. 약속한 날 새벽, 나는 경기도 안산에 있는 J골프장을 찾았다. 20년 전 골프장이 개장했을 때 처음 갔던 기억만 갖고 달려갔으나 아침 안개가 심한데다가 새로 생긴 도로가 거미줄처럼 얽혀 있어 골프장을 찾는데 애를 먹었다.

　당시 골프장은 도시외곽에 있었던 것 같았는데 세상이 두 번이나 바뀌는 사이에 인근지역이 엄청나게 발전을 하여 이제는 도심 한복판에 멋진 공원처럼 둥지를 틀고 있었다. 주변이 온통 단풍으로 어우러진 골프장은 평일 아침인데도 내장객으로 붐볐다. 180야드가 넘는 파3홀에 오니 앞팀에서 사인(웨이브)을 주었다.

그들의 옷 색깔로 보아 여자들 같았다.

티샷을 마치고 그린으로 다가가니 그들은 하나같이 회색 또는 흰색으로 복면을 하고 있었다. 평소 집 근처에서 산책하는 여자들이 쓰고 다니는 일명 '아줌마 선 캡'이었다. 길에서 마주칠 때마다 왠지 섬뜩했는데 골프장에서 보니 더욱 괴이하게 느껴졌다.

"저 정도는 약과예요. 눈만 빼고 얼굴 전체를 가리고 다녀 무시무시해 보이는 여자도 있답니다."

복면을 보고 어리둥절해하는 나의 표정을 읽었는지 캐디가 묻지도 않은 말을 하며 배시시 웃는다. 그도 여자들의 복면이 썩 마음에 들지 않는다는 말 같았다.

순간 며칠 전 일본에서 골프를 치고 왔다는 친구가 식사를 하면서 밥알이 튀어나오는 것도 아랑곳하지 않고 열변을 토하던 말이 생각났다.

"지난 주 일본에 다녀왔는데 골프장이 끝내 주더라고. 사람들은 대부분 한국에서 왔는데 개중에는 여성도 여럿이 있었다네. 희한한 것은 그들이 하나같이 복면을 하고 골프를 치는 거야. 처음엔 서부영화에서 본 복면강도 생각이 나서 가슴이 섬뜩하더라고. 아니 골프장이 무슨 무도회장이야? 골프 40년에 골프장에서 복면을 하고 골프 치는 사람은 처음 봤다니까. 더욱 웃기는 것은 골프장 측이 클럽하우스의 게시판에 '복면을 삼가 달라'고 한국말로 써붙여 놨는데도 불구하고 버젓이 복면을 한 채 골프장을 휘젓고 다니는 데 얼마나 창피한지 얼굴이 화끈거려 혼이 났다네."

그는 아직도 흥분이 가시지 않은 듯 목청을 높였다.

파3홀 그린 밖에서 앞팀의 홀아웃을 기다리면서 보니 그들의 퍼팅 솜씨가 여간 아니었다. 우리는 매홀 뒤따라가면서 복면을 한 채 골프채를 고추 세우고 휘둘러대는 그들의 폼은 마치 중국영화에서 여자 주인공이 칼춤을 추는 것 같아 가뜩이나 쌀쌀한 초가을 날씨에 기분이 썰렁했다.

여성들이 골프장에서 복면을 하고 골프를 치기 시작한 것은 얼마 되지 않았다. 과거에는 골프장에서 그런 모습을 찾아 볼 수 없었기 때문이다. 그들이 선 캡을 하는 것은 자외선으로부터 얼굴의 피부를 보호하기 위한 경우도 있지만 골프를 좀 친다는 여성들은 피부보호를 빙자한 자신의 신분노출을 꺼리기 때문이라는 말도 있다. 앞으로 그런 여성들만을 위한 복면전용 골프장이 생기지 말라는 법도 없다. 그때까지 만이라도 여성들은 사교의 장이라는 골프장에서 자신의 입장만 생각하여 남에게 혐오감을 주는 행위는 삼가는 것이 상대를 배려하는 골퍼로서의 예의가 아닐까 생각해 본다.

레슨프로들은 아마추어골퍼를 잘 모른다

요즘 골프연습장에 가보면 연습장 규모에 따라 적게는 한둘 많게는 대여섯 명의 소속 레슨프로들이 있다. 대부분 젊은 나이에 세미프로테스트에 합격했거나 투어프로로 뛰다가 레슨프로가 된 사람들이다.

그들은 필드에 나가면 엄청 골프를 잘 친다. 골프를 배우려는 사람은 그들의 골프실력에 반해서 레슨을 받는다. 사실 골프를 가르치는 레슨프로의 척도는 골프를 잘 치는 것밖에 다른 방법이 없다. 하지만 이는 하나만 알고 둘은 모르는 경우다.

골프는 어려서 배우라는 말이 있다. 나이가 어린만큼 신체의 유연성이 좋기 때문이다. 젊은 나이에 레슨프로가 된 사람은 이에 해당이 된다고 하겠다. 그들은 연습장에서 선배들의 어깨 너머로 스윙을 배우고 한가한 시간을 틈타서 밥먹듯이 연습을 한다.

그렇게 해서 프로자격증을 받았으니 골프를 잘 칠 수밖에 없다. 하

22

지만 골프를 잘 치는 것 하고 가르치는 것은 다르다. 다른 운동보다 골프는 특히 그렇다. 다시 말해서 경험이 많아야 한다는 말이다. 골프를 처음 배우는 아마추어골퍼를 보면 대부분 나이가 30대 후반이나 40대 초반이다. 그 전에 그들은 골프를 배우고 싶어도 배울 수가 없었다. 돈이 많이 들기 때문이다. 골프 장비를 마련하고 골프를 배우는 데도 레슨비가 들며 골프를 치러 다니게 되면 비용은 기하급수적으로 늘어난다. 사회기반이 잡히지 않으면 골프는 감히 엄두를 내지 못한다. 사람들이 골프를 늦게 시작할 수밖에 없는 까닭이다.

나이 들어 골프를 늦게 시작한 사람들은 이미 몸의 근육이 굳어져 있어 스윙이 유연할 수가 없다. 하지만 이러한 자신의 신체적인 열악함을 알지 못하는 아마추어들은 유명 선수들을 롤 모델로 삼아 연습을 하고 레슨프로들 또한 이와 같은 아마추어골퍼들의 입장을 이해하지 못하고 자기위주의 레슨을 하다 보니 배우는 사람들은 자연히 몸에 무리가 올 뿐만 아니라 기대만큼의 결과를 얻지 못한다. 누구를 가르친다는 것은 실력도 필요하지만 골프에서의 다양한 경험이 있어야 한다.

미국에서 골프를 가르치는 사람들이 대부분 나이가 많은 이유다. 우리나라만 유독 젊은 사람들이 골프를 가르친다. 그것은 골프를 가르치는 것이 아니고 배우는 사람들에게 기술만 주입시키는 것이다. 기술은 골프에서 비중이 10% 밖에 안 되고 나머지는 전부 심리적인 부분이라고 한다. 심리적인 부분은 경험에서 얻어진다. 레슨프로가 제대로 골프를 가르치려면 아마추어의 입장을 알아야 한다.

시계자랑이 골프채 과시로

"아이고 머리야."

하며 이마에 손을 갖다대면 으레 시계자랑을 하기 위해 폼을 잡던 학창시절이 있었다. 내가 중학생 때였다. 찢어지게 가난했던 시절이라 당시 우리는 먹고 싶은 것과 갖고 싶은 것이 유독 많았다. 손목시계는 갖고 싶었던 것 중에 하나였다. 시계라고 해봤자 요즘 시계처럼 멋진 것이 아니고 태엽만 감아주면 가는 그런 것이었다. 부모님들은 살림살이가 궁핍한 와중에도 자식이 공부를 잘하면 어떻게 해서든지 갖고 싶어 하는 시계를 사주었다. 미군부대에서 흘러나온 소위 딸라 시계였지만 학생들은 그것도 감지덕지했다. 1950년대 이야기다.

인간은 본능적으로 무엇을 가지면 자랑하고 싶어지고 비싼 것은 남에게 과시하고 싶은 충동을 억제하지 못하는 것 같다. 특히 골퍼들의 과욕은 유난스럽기만 하다. 요즘 골프 좀 친다는 사람들은 대부분 외제 골프채를 갖고 다닌다. 국산도 전연 손색이 없는데 이왕이면 다홍치마라고 외제를 선호한다. 외제 중에는 명품이라는 것은 가격이 상상을 초월한다. 명품선호도는 젊은 층보다 나이든 세대가 더한 것 같다. 경제력 때문이리라. 하루는 골프초청이 있어서 중부지역의 한 명문 골프장엘 갔다.

클래식음악이 흘러나오는 고즈넉한 분위기의 레스토랑에서 동반자들과 인사를 나누고 우리는 첫 홀 티박스로 나갔다. 캐디가 시키는 대로 간단한 스트레칭을 하고 나서 제비뽑기로 티샷 순서를 정했다. 각자 연습 스윙으로 몸을 풀고 있는데 한 사람이 생뚱맞게 한 마디 한다.

"요즘 볼이 잘 안 맞는다니까 아는 골프숍 사장이 한 번 써보라고 해서 들고 나왔는데 아 글쎄 이 채 한 개가 80만원이래요."

누가 묻지도 않은 말을 하며 그는 자신의 아이언 채를 자랑한다. 처음에 동반자들은 아이언 한 세트가격인 줄 알고 별로 반응이 없자 그가 다시 한 번 확인을 하는 통에 모두들 깜짝 놀랐다. 도대체 어떤 채길래 한 개 값이 그렇게 비싼가 싶어 그의 캐디백을 슬쩍 들여다봤더니 알 수가 없었다. 낱개마다 복면을 씌워놓고 있었기 때문이다. 골프채에 웬 복면? 요즘 명품은 명품티를 내기 위해서 복면을 씌우는 모양이다.

우리는 그렇게 골프를 시작했고 나는 모처럼 필드에 나와 골프장 주변의 풍광에 취하니 골프가 저절로 맞는 것 같았다. 명품이라는 그의 일제 드라이버는 오히려 나의 국산채인 나의 데이비드보다 거리가 덜 나갔고 비싼 그의 아이언은 나보다 한 클럽씩 더 나갔다. 그러나 그린에서 볼이 잘 멈추지 않아 매홀 먼 거리 퍼팅에 애를 먹었다.

내가 지금 쓰는 골프채 캘러웨이는 6년 전 미국에 갔을 때 딸이 사준 것이다. 당시 한 세트에 80만원을 주고 산 것인데 아직도 사용하는 데 문제가 없다.

주말골퍼들은 나이가 들면 근력이 약해져 스윙스피드가 떨어지면서 거리가 줄어드는 것이 상식인데 골퍼들은 애꿎은 골프채만 탓한다.

자신의 골프채를 은근히 재던 과시맨은 새 채라 잘 안 맞는다며 투덜대더니 3자리 수자를 안 친 것만 해도 다행이라며 너스레를 떤다.

가난했던 시절, 시계자랑하던 학생은 공부나 잘했지만 요즘 명품 골프채를 자랑하는 사람은 골프실력이 없으면서 돈 자랑만 하는 것 같아 씁쓸한 생각이 들었다.

아버지와 아들 골프대회

매년 PGA투어 시즌이 끝나고 나면 Father& Son Challenge 라는 골프 이벤트 대회가 미국에서 열린다. 지난 해도 11월 28일부터 3일간 미국 플로리다주에 있는 그랙 노먼이 설계한 골프장에서 대회가 열려 호주의 래리 넬슨 부자(父子)가 우승을 차지했다.

어느날 PGA투어를 주름잡던 유명프로골퍼들 몇 명이 모여서 자라는 아들과 부자지간의 정을 돈독히 함으로서 가정의 화목을 돕고 프로로 진출하는 2세들에게 과연 진정한 골프가 무엇인가를 가르쳐주고자 현장교육 실습차원에서 골프대회를 열기로 의견을 모았다. 헤일 어윈, 레이 플로이드, 게리 플레이어, 리 트레비노, 잭 니클라우스 그리고 데이브 스탁튼 같은 스타 선수들이었다. 이를 전해들은 델 웹(Del Webb)이라는 사람이 선뜻 대회의 스폰서로 나섰다.

미국 전역에 아름다운 천혜의 풍광을 가진 곳에서 실버산업을 주도하고 있던 그는 기업인으로 미국사회에서 인정받던 덕망 있는 지도자 중에 한 사람이었다.

1995년 Del webb의 Fateher& Son golf Challenge의 첫 대회는 그렇게 탄생되었다. 대회는 영국인 윌리 파크 부자를 기리는 것으로 시작됐다. 아버지 윌리 파크는 1860년에 처음 열린 브리티시 오픈의 초대챔피언으로 3번의 우승경력이 있으며 아들인 윌리 파크 주니어 또한 브리티시 오픈 2회 우승뿐만 아니라 당시 골프 클럽 제조 등 골프발전에 많은 공로가 있었기에 우승자에게는 그들 부자를 기리기 위해 만든 윌리 파크 트로피가 수여됐다. 물론 상금도 많아 지난 해에는 상금 총액이 100만 달러나 됐다. 게임은 스크램블 방식이었다. 부자간에 편을 먹고 각자 샷을 하되 둘 중에 좋은 볼을 택해서 매번 각자 샷을 하는 경기다. 홀아웃할 때까지 퍼팅도 마찬가지였다. 골프에는 경기방식이 많은데 유독 스크램블을 택한 이유는 부자지간에 협동심을 기를 수 있기 때문이라고 한다. 참가선수들은 가족 동반을 원칙으로 한다. 자연경관이 수려한 골프리조트에 모인 가족들이 아버지와 아들의 경기를 응원하는 모습은 TV시청자들로 하여금 사람이 살아가면서 가족이 얼마나 아름답고 소중한가를 일깨워준다. 창단 멤버인 리 트레비노는 아들이 경기를 하면서 아버지가 평생 수많은 골프대회를 치르면서 받은 엄청난 압박감을 이해할 수 있게 된 것만으로도 자랑스럽고 뿌듯하다고 했다.

나는 미국에 갈 때마다 LA에 살고 있는 셋째 딸하고 골프를 친다. 학교 다닐 때 테니스국가 대표선수 출신이었던 딸은 볼 감각이 뛰어나 골프를 잘 친다. 스크래치 골퍼인 그는 미국여자아마추어골프대회에 출전하여 3등 이내에 들곤 했다. 자연 속에 펼쳐진 골프코스에서 딸과 함께 걸으며 골프를 친다는 것이 얼마나 멋있고 행복한지 모른다. 우리나라에도 그와 같은 골프대회가 하루빨리 열렸으면 하는 바람이다.

4kg 늘렸더니 우승이 보이네요

요즘 우리 사회주변에는 살빼는 게 화두다. 풍요로운 생활로 인해식단의 불균형으로 몸이 비대해진 사람들이 많아서 생긴 현상이라고 한다. 살빼는 데 효과가 있다는 엉터리 약들이 난무하는가 하면 약속한 날 안에 체중을 줄이지 못하면 환불해 준다며 살찐 사람을 꼬드기는 플래카드가 시내 곳곳의 광고코너에 내걸린 것을 쉽게 볼 수 있는 것이 작금의 현실이다. 못 먹어 춥고 배고팠던 시절에는 감히 상상도 하지 못했던 일이다.

사람들은 체중을 줄이려고 별의별 약을 다 먹어가며 악전고투하고 있는 요즘, 23살의 젊은 여성이 거꾸로 체중을 4kg이나 늘렸다고 해서 화제다. 지난 KLPGA 메이저 하이트 컵 챔피언십과 KB국민은행 슈퍼스타 그랜드 파이널 대회에서 연속우승을 챙긴 여자프로골퍼 서희경의 이야기다. 체중을 4kg이나 늘렸다고 했지만 키가 커서 그런지 아직도 쭉쭉빵빵의 S라인으로 보이는 그는 올 가을에만 2승을 챙기면서 작년에 이어서 올해도 상금왕에 한걸음 다가갔다. 그린의 슈퍼모델이라는 별명답게 필드를 걸어가는 당당한 그의 모습은 마치 먹잇감을 찾아 들판을 어슬렁거리는 암사자를 연상케 한다. 웨이트 트레이닝으로 체중이 늘면 드라이버의 비거리가 늘어날 뿐만 아니라 강인한 체력을 바탕으로 정신력도 덩달아 강해진다는 것이 전문가들의 말이다.

슈퍼땅콩 김미현이 미국에 처음 진출했을 때 체중을 늘려 드라이버의 비거리를 내려고 초콜릿을 마구 먹었다는 이야기는 지금도 골퍼들 사이에서 회자되고 있다.

한때 우리나라에서 유행했던 '체력은 국력'이라는 말은 이제 〈체력은 돈〉이란 말로 진화됐다. 올해 서희경이 거둔 네 번의 우승 중에 3번이 메이저 대회였다. 유독 큰 대회에 강한 면모를 보였고 막판에 역전 우승이 많은 것 또한 그의 체력 덕분이라고 하겠다.

금년에 메이저로 승격한 하이트 컵 챔피언십 마지막 날, 그는 선두인 홍란에게 4타나 뒤져 있다가 역전 우승을 거둔 것도 그렇고 일주일 후인 10월 25일 인천 영종도에 있는 스카이 72CC에서 열린 KLPGA 투어 메이저 KB국민은행 슈퍼스타 그랜드 파이널 최종일에서 한 타 앞선 아마추어 고교생 장하나를 꺾고 우승한 것 또한 이를 뒷받침해 주고 있다. 특히 두 대회가 모두 4라운드였기에 그의 체력은 더욱 돋보였다.

KLPGA투어는 평소 거의 3라운드만으로 경기를 해 왔기 때문에 이번 대회의 4라운드는 분명 선수들에게 체력의 열세를 느끼게 했을 것이다.

체력이 떨어지면 뇌의 기능이 저하되고 눈에 피로가 나타난다. 또한 숏게임에 필요한 작은 근육이 의도한 대로 잘 움직여지지 않아 짧은 퍼팅을 실수하게 된다고 한다.

그가 경기 중에 남을 의식하지 않고 바나나를 먹는 것도 다른 선수와 차별화된 경기운영의 특징이다. 프로선수들 뿐만 아니다. 일반 아마추어들도 경기 중에 15번 홀에서 바나나나 사과 같은 식물성단백질을 섭취하는 것은 에너지보충을 위해 필수다.

뒤늦게나마 체중이 우승과 밀접한 관계가 있음을 알아챈 여자선수들이 너도나도 서희경처럼 몸무게를 늘리는 경쟁이라도 한다면 체중이 불어난 선수들로 인해 대회장소인 골프코스가 좁아 보이지는 않을까 하는 엉뚱한 상상을 해 본다.

15번째 골프클럽의 의미

　　오후 늦게 라운드를 하면서 뉘엿뉘엿 서산으로 기우는 석양을 보는 것 또한 골프의 매력이다. 그맘때가 되면 가끔 먼발치 페어웨이에서 긴 그림자를 드리우며 일하는 여인들을 본다. 양떼몰이 하듯 골퍼들을 몰아붙이지 못한 벌로 잡초를 뽑거나 디보트 자국을 메우고 있는 캐디들이다.

　　그들은 마지막 팀이 지나가자 나이든 여인이 무료한 듯 "애들아, 너희는 어떤 스타일의 골퍼가 맘에 드니?" 하고 동료들에게 뜬금없는 질문을 던지며 의미심장한 미소를 짓는다.

　　"어떤 스타일? 아, 난 또 무슨 소리라고, 언니, 나는 장타를 잘 치는 남자가 좋더라. 그만큼 힘도 좋을 거 아니겠어?"

　　얼굴이 가무잡잡한 아가씨가 눈치 빠르게 대꾸를 하더니 살짝 얼굴을 붉힌다. 옆에 있던 또 다른 아가씨는 "난 숏게임 잘하는 골퍼가 좋을 것 같은데. 숏게임하듯 그것도 아기자기하게 해줄 것 아니겠어?"

하고 덩달아 한 마디 하더니 "언니는 어때?" 하고 먼저 질문을 던졌던 여인을 돌아다본다. "나? 나는 뭐니뭐니해도 쓰리 빠따 자주하는 사내가 좋을 것 같아. 늘 세 번씩은 해줄 테니까 말야. 호호호." 하고 웃자 "원, 언니도, 나는 가라스윙 많이 하는 사람이 좋을 것 같은데. 시간 오래 끄는 남자가 좋다더라. 호호호." 잠자코 있던 나이가 가장 어려보이는 아가씨가 내숭을 떨자 모두들 자지러지며 잔디 위를 구른다. 필드에 나가면 누가 지어냈는지 알 수 없는 기발한 유머가 골퍼들의 배꼽을 훔친다.

골프에 유머가 등장한 것은 1888년경이라고 한다. 같은 해 2월, 미국 뉴욕 근처에 처음으로 6홀의 골프장이 등장했다니까 아마 그때부터라고 보면 틀림이 없을 것 같다. 물론 골프의 성지인 스코틀랜드에도 골프유머는 있었지만 원래 무뚝뚝한 성격인 그곳 사람들은 골프를 치면서 유머보다 에티켓에만 신경을 썼다고 한다.

골프가 미국에 상륙하여 대중적인 인기를 얻자 낙천적인 미국인들은 골프를 치면서 긴장된 분위기를 부드럽게 하기 위해 그들 나름대로 유머를 개발했다. 요즘 PGA투어의 프로암대회를 보면 연예계 출신 아마추어들의 유머가 나비처럼 필드를 날아다녀 갤러리들을 즐겁게 해준다. 미국의 전설적인 프로골퍼 리 트레비노 같은 이는 시합도중에 독특한 유머로 갤러리들을 즐겁게 했던 것으로 유명하다. 그는 "골프를 치다가 천둥번개를 만나면 2번 아이언을 뽑아들어라. 그러면 무사할 것이다. 2번 아이언은 하느님도 잘 못 치니까." 라고 말했다고 한다. 그의 재치 있는 유머는 지금도 골퍼들의 인구에 회자되고 있다.

며칠 전 나는 갑자기 결원이 생겼다는 친구의 SOS 전화를 받고 골프장에 갔다. 가는 날이 장날이라고 날씨는 춥고 바람마저 불었다. 힘들게 전반을 마치고 우리는 10번 홀 옆에 만들어 놓은 대기소의 전기난로 주변에 둘러서서 앞팀의 티샷이 끝나기를 기다리는 데 한 친구가 느닷없이 "자네들, 골프채가 몇 개인 줄 아느냐"며 묻는다. 동반자들은 혹시 난센스퀴즈인가 싶어 답을 찾는데 한 동반자가 "그야 당연히 14개 아닌가?" 하자 "아닐세, 정답은 15개라네." 하며 껄껄 웃는다. 모두들 못 믿겠다는 듯 "아니 언제부터 골프 룰이 바뀌었지?" 하고 이구동성으로 한 마디씩 한다. "바뀌긴, 15번째 클럽은 요거다. 요거." 하며 그는 손가락으로 자신의 입을 가리킨다. "!!??" 친구들이 아직도 자신의 말귀를 못 알아듣자 답답한 듯 그는 "아직도 모르겠나? 열다섯 번째 클럽은 유머다 이 말씀야. 자네들 유머도 모르나? 유머 말이다."라고 하더니 "세상을 살아가는 데 유머가 필요하듯이 골프에서도 유머는 긴장을 풀어 주고 상대를 편안하게 해주는 역할을 한다는 거야. 하버드 리뷰에 의하면 미국에서는 유머 잘하는 임원이 연봉도 많다네. 능력 있는 임원은 회의 도중에 유머를 적절히 사용해서 적대감을 해소하고 긴장감을 낮춰 의사소통을 원활하게 하기 때문이라는 거야." 하며 부연설명을 하는데 캐디가 진행이 늦는다고 독촉이 성화같다. 오후부터 날씨가 누그러져 우리는 희희낙락하며 즐겁게 후반을 끝낼 수 있었다. 15번째 골프클럽이 유머라는 것을 알게 해준 날이었다.

골프의 아름다운 해법은 경청에 있다

나는 어려서 아버지로부터 남자란 모름지기 귀가 얇으면 못
쓴다는 말을 듣고 자랐다. 눈 감으면 코 베간다는 험악한 세상에 귀
가 얇으면 살아남기 어렵다는 것이다. 이후 나는 살아가면서 남의 말
을 쉽게 믿었다가 재산 다 날리고 길바닥에 나 앉은 사람들을 볼 때
마다 아버지 말씀이 떠올라 더욱 남의 말을 멀리함으로서 집사람으
로부터 속아만 살았냐고 핀잔을 듣곤 했다.

우리나라에서 한때 경청(傾聽)이란 말이 인구에 회자된 적이 있었
다. 경청이 사회적으로 화두가 됐다는 것은 역으로 사람들이 그만큼
남의 말을 잘 듣지 않는다는 뜻일 수도 있다. 경청이란 남의 말을 대
충 듣는 것이 아니고 그 말에 담겨 있는 뜻을 헤아려 실행에 옮기는
삶의 지혜를 말한다.

"나는 배운 게 없어 이름도 못 쓴다. 그러나 남의 말에 귀 기울이면
서 현명해지는 방법을 깨우쳤다."고 말한 칭기즈칸은 결국 세계를 지

배했다. 이청득심(以聽得心)의 좋은 예라 하겠다.

우리나라 사람들은 경청에 인색한 편이다. 남이 말을 하면 딴청을 부리거나 미리 넘겨짚고 중간에 말을 자르는 등 상대방의 말을 끝까지 듣지 않는다.

오죽했으면 모 재벌그룹의 총수는 '경청'이란 두 글자를 유언으로 남겼으며 그룹을 승계한 후계자는 선친의 유지를 받들어 회사를 세계 초일류기업으로 키운 뒤 그의 아들에게 '경청'이란 베스트셀러를 선물했다고 해서 화제가 됐다. 나는 뒤늦게나마 남의 말을 경청하려고 노력했으나 세 살 적 버릇 여든까지 간다고 한번 닫힌 귀는 요지부동 열릴 줄 몰랐다.

하루는 베스트셀러인 '경청'을 읽던 중 나는 갑자기 '힘 빼고 가볍게 치라'는 옛날 골프 배울 때 레슨프로가 하던 말이 떠올랐라 경청의 경(傾)자를 가벼울 경(輕)자로 바꾸어 보았더니 상대방의 말이 가볍게 가슴에 와 닿는 것만 같았다. 골프에서 경청의 소이를 깨달은 것이다. 경청이 힘든 것은 경험에서 생긴 아집이 상대방의 말을 미리 판단하기 때문이라고 전문가들은 말한다. 한국에서 골프를 배우는 연령층은 대개 40대 안팎이다. 최근에 다소 젊어졌다고는 하나 아직도 많은 사람들은 골프를 늦게 시작한다. 그들이 골프를 배우면서 레슨프로의 말을 귀담아듣지 않는 이유이기도 하다.

골프는 다른 운동과 달리 오랜 시간 대자연의 골프코스에서 새알같이 작은 볼을 치며 18개의 홀을 돌아야 하는 힘들고 까다로운 운동이다. 골프는 샷의 기술(10%)보다 심리적인 비중(90%)이 더 크다. 골프

구력이 30년이 된 사람도 골프 치기 전날 밤엔 설렘 때문에 소풍 가는 초등학생들처럼 밤잠을 설치기 마련이고 이튿날 골프장에 가면 긴장한 나머지 첫 홀부터 머릿속이 하얘져 술 취한 사람처럼 홀을 헤맨다.

대부분 심리적인 요인이기 때문에 아무리 기술적으로 접근해 봐야 풀 수가 없다. 이에 대한 해법을 이야기해주면 골퍼들은 딴전만 부린다. 골프이야기에는 돈을 주고도 살 수 없는 필드에서 겪은 수많은 시행착오에 대한 애환(哀歡)이 담겨 있다.

인생은 귀가 얇으면 손해를 본다지만 아이러니하게도 골프는 남의 말 잘 듣는 귀 얇은 사람에게 복을 준다. 골프의 아름다운 해법은 경청에 있다.

접대골프의 십계명

골프를 좋아했던 셰익스피어는 16세기경 런던 템스강변의 선술집 마 메이드 터번에서 영국의 최고지성인들과 최초로 클럽이라는 이름으로 골프동호인 모임을 결성하여 정치, 학문, 예술 등을 자유롭게 토론함으로서 골프가 사교와 소통의 장으로 자리매김하게 된 계기가 되었다. 비즈니스에서 골프를 빼놓을 수 없는 것과 무관하지 않을 것이다.

최근 미국에서 골프강좌가 인기를 끌고 있다는 소식이다. 골프강좌는 사람들에게 올바른 골프문화와 에티켓을 일깨워 줌으로서 비즈니스골프에 일조를 하고 있기 때문이다. 비즈니스골프를 우리말로 하면 접대골프라는 표현이 적합할 것 같다.

우리나라는 1970년대부터 산업화바람이 불면서 사회적으로 술에 의한 접대문화가 둥지를 틀었다. 80년대에 들어서자 골프가 인기를 끌면서 접대문화에 지각변동이 생겼다. 술을 사겠다고 하면 손사래

치던 사람이 골프 치자면 반색을 했다. 골프가 접대수단으로 등장한 것이다. 그러나 사람들은 골프접대가 술보다 까다롭다는 것을 미처 몰랐다. 4시간 넘게 동반자들과 함께 라운드를 하다 보면 그 사람의 성품이 나타나기 마련이다. 골프를 그냥 볼만 치는 운동으로 치부했던 사람들은 골프 룰이나 매너 때문에 생긴 실수로 낭패를 보곤 했다. 천신만고 끝에 성사시킨 숙원사업이 접대골프 실수로 인해 없었던 일로 되돌려진 사례는 골프에서 에티켓이 얼마나 중요한가를 말해 주는 대목이 아닐 수 없다. 미국의 골프강좌에서 다뤄지고 있는 접대골프의 요령을 우리 실정에 맞게 만들어 보았다.

1. 동반자 선정의 중요성
동반자는 접대골프의 성패를 좌우한다. 따라서 골프 잘 치는 동반자보다 매너 좋은 사람이 낫다.

2. 선물 준비
골프를 시작하기 전에 조그만 선물(마커가 달린 그린보수기 또는 유명 브랜드의 볼이나 장갑)을 준비했다가 상대방에게 준다.

3. 상대를 위한 배려
골프는 남을 생각하는 운동이다. 첫 홀의 멀리건을 감안하고 상대방 볼이 러프에 들어가거나 오비가 나면 함께 볼을 찾아주는 배려가 필요하다.

4. 휴대폰과 복장 그리고 사업이야기

경기 중 휴대폰은 꺼놓는다. 단정한 옷차림은 첫인상에 중요하다. 사업이야기는 상대가 하기 전에 하지 않는 게 예의다.

5. 칭찬은 하되 조언은 삼가라.

누구나 멋진 샷에 박수치며 "굿샷"하는 것을 싫어하지 않는다. 상대의 골프가 안 맞는다고 섣불리 조언하지 않는다.

6. 볼을 건드리지 않는다.

페어웨이의 디봇자국은 자신의 인내를 시험하려 한다. 볼은 있는 그대로 친다.

7. 내기

상대가 원하면 해야 한다. 예컨대 핸디캡에 따라서 4, 5, 6, 7만원씩 4명이 22장을 만들어서 홀의 승자와 파3홀의 니어핀을 하면 1장을 주고 트면 못 먹는다. 묻힌 돈은 나중에 각자가 낸 만큼 되돌려준다. 가벼운 경쟁을 통해서 상대와 좋은 유대감을 형성할 수 있다.

8. 그린매너

그린에서 자신의 볼을 마크하고 볼자국은 수리한다. 퍼팅은 신중히 그러나 신속하게 한다. 상대가 퍼팅하는데 다음 홀로 이동하는 것은 안 좋다.

9. 18번 홀의 아름다운 마무리

18홀이 끝나면 상대방에게 다가가 모자 벗고 정중히 악수하면서 고맙다는 말을 건넨다. 골프는 마무리가 중요하다.

10. 19번 홀을 위한 준비

골프접대를 하고 나면 상대방에게 감사의 편지나 이메일을 보내 다음 골프를 약속하는 계기로 삼는다. 사업 얘기는 그때 해도 늦지 않다.

54타는 과연 꿈인가?

골프는 다른 구기운동처럼 스코어로 승부를 내는 게임이다. 하지만 득점을 많이 해야 승리하는 양수의 운동과 달리 점수가 적을 수록 유리한 음수가 골프의 특징이다. 다다익선이라고 무엇이든지 많을수록 좋은 것이 인간의 욕구이자 세상의 이치이거늘 적을수록 통하니 참으로 골프란 겸손한 운동이 아닐 수 없다. 프로골퍼들이 골프대회에 나가면 항상 규정타수의 마이너스를 기록해야만 하는 이유다. 프로선수들의 꿈은 54타라고 한다. 18개 홀을 매홀 언더 파를 쳐야 가능한 숫자다. 사실 기적이 일어나지 않는 한 거의 불가능한 숫자인 것이다. 기록은 깨지기 위해 존재한다지만 어쩌면 영원히 정복당하지 않는 전인미답의 숫자일 수도 있다.

욕심을 버리고 마음을 비워야 다가갈 수 있는 것이 골프다. 겉으로는 아닌 척 내숭을 떨지만 허구한 날 마음속 깊은 곳에 감추어진 점수에 대한 욕망의 씨앗을 키우다가 결국 스코어의 노예가 되고 마는 것이 골퍼들이다.

최저타수를 낼 수 있는 가능성은 누구에게나 열려 있다지만 낙타가 바늘구멍을 지나가는 것보다 어렵다 보니 사람들은 결국 미완의 골프인생을 마감한다.

지난 1월 27일에 열린 PGA투어 봅 호프 클래식 3일째 되는 날, 한국의 위창수는 이글을 두 번씩이나 하면서 한 라운드에 무려 11언더파를 쳤다. 끝까지 조금만 더 집중을 했더라면 59타로 최저타의 타이 기록을 달성할 뻔한 아쉬움이 남는 경기였다. 지금까지 PGA투어에서 공식적인 최저타 기록은 59타였다. 1977년 알 가이버거, 1999년에 칩 백이 그리고 2001년 봅 호프대회에서 데이비드 듀발 등 단 3명만이 기록을 했고 LPGA에서는 아니카 소렌스탐이 유일하다.

14세기에 스코틀랜드에서 매치플레이로 시작됐다는 골프는 1888년, 미국에 상륙한 이후에도 경기방식 또한 변함이 없었다. 따라서 홀당 승패를 가리다 보니 선수들은 최저타수의 개념이 없었다. 그 후 골프가 상업화 물결을 타기 시작하면서 중계방송의 시청률 때문에 스트로크 경기로 바뀌었고 선수들은 최저타수에 대한 도전이 시작됐다.

지금까지 공식적으로 최저타수 기록은 59타라고 하지만 비공식 기록은 1962년 스페인의 불랑카스가 55타를 친 적이 있고 58타를 친 사람도 3명이나 있다고 한다.

지난 해를 끝으로 LPGA 투어에서 은퇴한 소렌스탐은 LPGA 투어 사상 처음으로 59타를 기록했던 날 인터뷰를 하면서 한 코스에서 계속 경기를 하다 보면 언젠가는 모든 홀에서 버디가 가능할 것이라고 호언장담했지만 그는 두 번 다시 같은 스코어를 기록하지 못했다. 전문가들은 골프용품의 발달을 이유로 54타의 가능성을 조심스럽게 점친다. 신소재에 의한 엄청난 비거리를 내는 드라이버와 U자형 그루브로 무장한 웨지 그리고 그린에 쉽게 세울 수 있는 최첨단의 골프 볼 때문이다. 그러나 아무리 장비가 훌륭하다 하더라도 볼을 홀에 가깝게 붙여서 버디를 하지 않는 한 54타란 신의 경지일 뿐이다. 특히 날씨와 선수의 심리적인 영향 때문에 매홀 버디를 하기란 쉽지 않다는 것이 골프심리학자들의 이야기이다 보면 과연 누가 신의 경지인 54타의 고지를 먼저 점령할지 자못 궁금하다.

골퍼들만 나무랄 것이 아니라

지금 생각해도 온몸이 오싹해진다. 뉴욕출장 때 있었던 일이니 꽤나 오래된 이야기다. 해외 출장을 가면서 나는 휴가를 겸해서 모처럼 아내를 동반했다. 회사업무를 마치고 우리는 뉴욕에 살고 있는 사촌 여동생 집에 묵으며 휴가를 보냈다. 하루는 여동생이 제안을 했다.

"오빠! 우리 오늘 저녁에 아트란틱 시티에 갈까?"

"거기가 어딘데?"

그때만 해도 나는 아트란틱 시티를 잘 몰랐다.

"뉴저지주에 있는 곳인데 알기 쉽게 말하면 동부의 라스베이거스라고 하면 이해가 될 거야? 뉴욕에서 자동차로 약 네 시간 정도 걸리는 데 한 번은 가 볼 만해 오빠."

여동생이 오후에 직장에서 돌아오자 우리 일행 4명은 해질 무렵 서둘러서 동부의 라스베이거스인 아트란틱 시티로 향하는 고속도로를 탔다. 우리는 고속도로 휴게소의 맥도널드에서 샌드위치와 햄버거로 저녁을 대신했다.

아트란틱 시티는 과연 듣던 대로 휘황찬란했다. 호텔에 여장을 풀고 1층으로 내려온 우리는 맥주를 마시고 슬롯머신을 즐기면서 시간을 보냈다.

이튿날 아침, 우리는 호텔에서 소개한 골프장으로 향했다.

평일 아침이라 그런지 골프장은 한산했다. 아내는 골프를 못 쳤기 때문에 3명만 그린피를 내고 한 사람은 갤러리로 나갈 수 있느냐고 물었다. 안 된다고 하면 한 사람 분의 그린피를 더 내려고 했는데 다행히 골프장의 헤드프로는 흔쾌히 허락을 해주었다.

우리는 골프화만 갈아 신고 두 개의 2인승 카트에 나누어 탔다. 물론 캐디는 없었다. 소나무 숲으로 둘러쌓인 골프장이 풍기는 멋과 분위기로 보아 상당한 수준의 골프장임을 느끼게 했다. 라운드를 거듭할수록 거리와 난이도가 있었다. 그냥 따라가며 다른 사람 치는 것을 구경하기가 지루했던지 아내가 한번 쳐보고 싶어 했다. 여동생 내외도 덩달아 한번 쳐보라고 거들었다. 잠시 마음이 찔렸지만 뒤따라오는 팀도 없던 터라 까짓것 하는 생각에 나는 아내에게 그립 잡는 것을 가르쳐주고 7번 아이언을 쳐보도록 했다.

처음 한두 번 안 맞다가 볼이 떠서 날아가자 아내는 신기한 듯 눈이 휘둥그레져 다시 한 번 해봤지만 맞을 리가 없었다. 비록 잠깐이었으나 혹시 하는 마음에 뒤를 돌아다보니 아뿔싸 먼발치에서 카트 한 대가 우리를 주시하고 있는 것이 아닌가? 그것도 모습을 반쯤 숲에 숨

긴 호랑이가 마치 먹잇감을 노리고 있듯이. 모골이 송연했다. 골프를
치면서 레슨을 하는 것도 매너가 아닌데 하물며 그린피도 내지 않고
들어와서 골프를 쳤으니 잘못이었다. 그런데 적반하장으로 미안하다
는 생각에 앞서 도대체 그들이 어떻게 우리가 그런 것을 봤을까 하는
의문이 들었다.

우리는 얼른 진행을 서둘러 전반을 마쳤다. 후반에 들어서자 우리
는 같은 일을 또 저질렀다. 한번 지은 죄가 또 다른 범죄를 부른다고
했던가? 배짱이 생긴 나머지 싫다는 아내를 꼬드겨 샷을 하도록 한
것이다. 그런데 이번에도 50m 밖에서 카트 한 대가 머리만 내밀고
있는 것이 보였다. 카트는 더 이상 오지 않고 단지 시위만 하고 있었
지만 부끄러웠다. 그리고 골프에서 배려가 무엇인지 깨달았다. 요즘
골프장에서는 일부 골퍼들의 진행 때문에 말들이 많은 것 같다. 샷은
신중히 진행은 빠르게, 라는 말이 있듯이 경기를 하다 보면 골퍼들은
진행에 대한 감각이 무뎌진다. 잘 모르고 한 행동을 나무랄 것만 아
니라 국내 골프장들도 미국처럼 진행을 위해서 무언의 시위를 한다
면 아마추어골퍼들에게 그 이상의 훌륭한 교육은 없을 것이다.

골프가 행복하세요

요즘 들어 신문지상에 행복지수라는 화두가 자주 등장하는 걸 보면 우리의 행복지수가 높지 않다는 반증이 아닐까 하는 생각이 든다.

행복지수란 자신이 얼마나 행복한지 스스로 측정하는 지수를 말한다. 한국성인 남녀 1000명을 상대로 행복지수를 조사한 결과 평균이 64점으로 나타나 세계의 평균성적 65점에도 못 미쳤다고 한다. 세계경제 서열 10위권인 우리의 행복감이 이처럼 낮은 이유는 무엇일까.

아시아의 소국가인 부탄은 GDP가 2천달러에 불과하고 문맹률이 인구의 절반이 넘는 가난한 나라지만 행복지수는 세계 178개국 중 9위로 102위인 한국보다 훨씬 높다고 한다. 물질적으로 풍족하지는 않지만 평온한 사회분위기에서 함께 살다보니 정신적인 삶의 여유가 행복을 느끼게 하는 것 같다. 자신의 삶을 남의 잣대로 비교하는 문화, 일상의 만족보다 과시를 중요시하는 생활 태도, 물질적인 부의 가치에 비중을 두는 우리 사회의 분위기가 행복지수를 낮게 만드는 요인이라고 전문가들은 말한다.

며칠 전 친구들과 골프를 치고 나서 골프장 근처에 있는 조용한 밥집에서 식사를 하며 환담을 나눈 적이 있다. 술을 한잔씩 하고 나자 누군가 "당신들은 골프가 행복한가?" 하며 아닌 밤중에 홍두깨 같은 질문을 던지는 것이었다. 갑자기 뜬금없는 질문에 좌중은 찬물을 끼얹은 듯 조용하다. 평소 골프라면 사족을 못 쓰고 좋아하던 사람들이 서로 얼굴만 쳐다보며 선뜻 나서서 질문에 답을 하는 사람이 없었다. 마침 한 친구가 정적을 깨고 자신은 골프가 행복하다고 했다. 나이 들어서 유유자적 골프를 함께 할 수 있는 친구가 있고 골프장에 가면 아름다운 자연경관을 감상할 수 있으며 골프가 끝난 뒤 따끈한 목욕물에 피곤한 몸을 풀고 나서 골프장 주변의 맛난 밥집을 찾아 식사를 즐긴다면 이 또한 골프의 행복이 아니냐며 자신의 골프행복론을 폈다.

사실 대다수의 골퍼들은 늘 설렘 속에 골프장에 갔다가 미스샷에 휘말려 죽을 쓰고 나면 속이 상한다. 그나마 캐디가 대충 알아서 적어 주는 스코어에 위로받는 것이 아마추어골퍼들의 실상이라면 그 친구의 말이 백번 맞는 말일는지 모른다.

신사운동이라는 정통골프는 이미 우리나라의 골프장에서 사라진 지 오래다. 모처럼 골프장에 나온 아마추어 주말골퍼들은 볼을 달래가며 쳐도 모자랄 텐데 마구 때리려고 덤비니 볼이 맞을 턱이 없다. 첫 홀에서 오비를 내고 술에 취한 듯 헤매고 나서 동반자 중에 누군가 '첫 홀이니까' 하고 운을 떼면 눈치 빠른 캐디가 올 보기로 적어주던 게 엊그제 같은데 어느 새 일파만파라는 수자로 한 단계 수직 상승되는 경우는 우리나라 골프장에서만 볼 수 있는 특이한 현상이 아닐 수 없다. 내기를 하다가 한 홀에서 본인도 헤아릴 수 없을 만큼 잔뜩 쳐놓고 더블 파 이상은 없다고 우기는 경우를 보면 어린아이들 소꿉장난과 같다. 골프를 마치고 맥이 빠져 집에 돌아오면 남의 사정 알지도 못한 마누라가 오늘은 얼마나 쳤느냐고 묻는다. 알량한 체면에 얼른 대답을 못하고 캐디가 적어준 스코어카드를 내밀고 나서는 이내 후회를 한다. 비싼 돈 써가며 자신의 영육을 괴롭힘을 당하는 골퍼들의 안타까운 모습이 아닐 수 없다.

그렇다면 과연 골퍼의 행복은 무엇일까? 어떤 사람은 스코어카드를 없애는 것이라고 했다. 스코어가 골퍼들을 스트레스받게 하니까 차라리 이를 무시하고 골프를 하면 마음이 편해져 행복하다고 한다. 애초에 골프의 성지에서 매치플레이가 성행한 이유를 이제야 알 것 같다. 독자 여러분들은 골프가 행복한가?

골프는 운동이 안 된다?

"**골프는 시간이** 많이 걸리는 데 비해 운동이 안 된다. 슬슬 걷는 오락이다."

최근 우리나라의 대통령이 기자들과의 간담회에서 한 말이다. 국내에서 골프가 대중화되고 있는 마당에 찬물을 끼얹는 듯한 대통령의 발언에 대한 배경이 무엇인지 골퍼들의 관심이 쏠리고 있다.

과연 골프는 운동이 안 될까? 미국 티칭프로의 대부인 하비 페닉은 골프가 운동이 안 된다고 말하는 것은 골프를 제대로 쳐보지 않은 사람이 하는 말이라고 했다. 사실 미국에 있는 골프장에 가면 캐디백을 어깨에 둘러매고 걸어다니며 골프를 치는 사람을 볼 수 있다.

주로 30대 전후의 젊은 사람들이지만 나이든 사람들은 직접 카트를 끌면서 골프를 친다. 저녁노을이 지는 황혼 무렵에 카트를 손수 끌면서 필드를 걷는 노부부의 다정한 모습은 한 폭의 그림이다.

얼마 전 영국의 한 골프전문지가 골프의 운동효과에 대한 조사를 하여 발표를 했다. 18홀의 골프코스를 돌고 나면 약 45분 동안 웨이트 트레이닝을 한 것과 같아 심장혈관과 심장근육의 강화와 혈압강하 그리고 양질의 콜레스테롤 수치를 높여주는 등 다양한 운동효과를 얻을 수 있다고 한다.

특히 캐디백을 매고 걷는 경우에는 1957칼로리가 소모되며 평균 심장박동수는 120회 정도로 빨라져 충분한 유산소운동의 효과를 낼 수 있고, 캐디를 동반하면 운동량이 1500칼로리로 다소 줄긴 해도 심장박동수는 110회로 시속 10km로 2시간의 러닝연습을 하는 것과 같다고 한다. 그러나 카트를 타면 운동효과는 3분의 1 수준으로 떨어지고 심장박동수 또한 86회로 줄어든다고 하지만 골프가 운동이 된다는 것은 입증된 셈이다.

전동카트는 나이가 들거나 걷기에 힘이 부친 사람들을 위해 마련해 놓은 골프장비로서 세계 어느 골프장에 가던 골퍼들에게 선택할 권리가 있다. 유독 한국만 경기를 빨리하도록 강제함으로서 골퍼들에게 카트의 선택권이 없다.

우리나라의 대통령은 과거 기업에 몸담고 있을 때 골프를 쳤기 때문에 골프를 누구보다도 잘 알고 있을 텐데 오죽했으면 〈골프는 운동이 안 되고 슬슬 걷는 오락〉이라고까지 말을 했을까? 평소 에둘러 말하기를 좋아하는 대통령의 화법에 비추어 볼 때 그 말이 담고 있는 진의는 우리나라의 골프장들이 운영하고 있는 카트제도를 빗댄 완곡한 표현이 아닐까 하는 느낌이 들었다.

사실 국내골프장들은 그 동안 카트제도를 운영해 오면서 재미를 봤으나 앞으로 몇 년 만 있으면 골프장의 과잉공급이 예상돼 그들은 벌써부터 자구책 마련에 전전긍긍한다는 소문이다. 골프장들은 하루빨리 골퍼들이 카트를 선택할 수 있도록 하고 나서 골프가 분명히 운동이 된다는 것을 세상에 알려야 할 것이다.

떡집 아저씨와 골프

나는 떡을 좋아한다. 떡 중에서도 흰 가래떡을 특히 좋아한다. 가운데 손가락 정도 크기로 다섯 개씩 랩에 싸서 파는 가래떡을 사다가 시장할 때 전자레인지에 데워서 먹거나 가스 불에 구워서 꿀에 찍어 먹으면 간식으로 그만이다.

하루는 떡이 먹고 싶어 떡을 사러갔다. 떡집은 동네 골목길 코너에 있는 세탁소와 붙어 있었는데 주인아저씨는 열심히 떡을 만들고 있었다. 마침 가래떡을 뽑는 중이라 잠시 기다리는 데 안쪽 맞은편 벽에 큼직한 거울이 눈에 들어왔다. 아마 주인이 떡집을 개업할 때 학교동창들이 기증을 한 것인지 거울에 발전이란 글자와 함께 학교이름이 뿌옇게 보였다. 제 버릇 개 못 준다고 나는 거울만 보면 골프스윙을 하는 버릇이 있다. 기계에서 떡을 받아내던 아저씨가 나를 흘긋 쳐다보더니 "사장님, 골프 치세요?" 하며 웃는다. 떡집아저씨가 웬 골프를? 어리둥절해하는 내 표정을 읽었는지 "중학교에 다니는 아들

놈이 공부가 신통치 않아 골프를 시켰더니 아 글쎄 어제는 84타를 쳤다지 뭡니까? 그런 스코어는 처음이었거든요. 기분이 좋아서 코치선생하고 한잔했지요. 그 동안 내 자식 놈 때문에 갖다 바친 돈 말도 못합니다. 골프요? 그거 알고는 함부로 시킬 거 아닙니다."

골프를 가르치는 아들이 골프를 잘 쳐서 그런 건지 아니면 골프가 뭔지 모르고 가르친 것이 후회가 돼서 그런지 알 수 없어도 그의 두 눈에는 금새 눈물이 그렁그렁했다. 그 말을 듣고 나는 그의 아들을 칭찬해야 할지 아니면 그의 처지를 위로해야 할지 갈피를 잡지 못했다. 사실 떡집 운영으로 어린 아들비용을 감당하기가 쉽지 않았을 것이다. 그 동안 박세리나 최경주의 뛰어난 활약은 국내에서 골프 붐을 일으켜 꿈을 키우는 주니어들이 많다는 소문은 들어 알고 있었지만 떡집아저씨와 같은 경우가 있으리라고는 상상도 하지 못했다. 떡이 다 됐다는 소리에 나는 돈을 지불하면서 "아드님의 베스트 스코어를 축하합니다. 최경주처럼 훌륭한 선수가 될 겁니다." 하고 축하 겸 격려의 말을 남기고 떡집을 나왔다.

그 후 얼마 있다 나는 떡을 사려고 다시 떡집에 갔더니 문이 닫혀 있었다. 쉬는 날인가 싶어 다음에 오려다가 혹시나 해서 그 옆에 있는 세탁소에 들려 오늘 떡집이 노는 날이냐고 물었더니 세탁소 아주머니는 묻는 말에 대답은 않고 위아래로 나의 행색을 살핀다. 떡집 단골이라고 하자 그제서야 안도하는 듯 표정이 달라지며 그 떡집 문 닫은 지 며칠 됐다면서 "뱁새가 황새 따라가면 가랑이 찢어진다고 떡 팔아서 골프가 가당키나 하냐?" 하며 허공에다 대고 냅다 화를 낸다.

그리고 하는 말이 자식 골프 가르치다가 결국 떡집 거덜 내고 어디로 갔는지 모른다며 묻지도 않은 말을 내뱉는다.

요즘 세리 키즈라는 어린 골프선수들이 국내외에서 승승장구하는 것만 보다가 골프로 인한 슬픈 이야기가 있음을 알고 나니 마음 한구석이 못내 편치 않았다. 떡집을 뒤로하고 오는 데 모처럼 아들이 골프를 잘 쳤다고 자랑하며 기뻐하던 떡집 아저씨의 얼굴이 눈앞을 어른거렸다.

미소에 가시가…

신지애 하면 미소의 대명사처럼 느껴진다. 그는 잘 웃는다. 필드에서 경기를 하면 더 잘 웃는다. 그의 웃는 모습을 보면 박꽃을 보듯 순수한 느낌이 든다.

골프란 마음대로 되지 않는 묘한 운동이다. 바다에 떠 있는 배와 같다고나 할까? 잔잔한 물결 위에 순항할 때가 있는가 하면 어느새 풍랑이 일고 폭풍이 몰아쳐 침몰 위기에 처하기도 한다.

골프를 치다 보면 날씨의 변화와 자신의 심리적인 갈등으로 인한 순간 실수로 어려움을 겪기 마련이다. 그럴 때마다 그는 얼굴을 찡그리거나 화를 내는 걸 본 적이 없다. 미소는 그의 전매특허이자 명품이다. 아마 오늘날까지 그를 필드에서 지켜준 수호신이 있다면 그것은 바로 미소가 아닐까 생각해 본다. 미소란 말 그대로 소리내지 않고 빙긋이 웃는 모습을 말한다. 하지만 그의 미소는 웃음에 가깝다. 단지 소리를 내지 않을 뿐이다. 그 예쁜 미소 속에 가시가 숨겨져 있을 줄은 미처 생각도 하지 못했다.

　최근 한 인터뷰에서 그는 자기도 인간인데 경기를 하다 보면 떨릴 때도 있고 엄청난 압박감속에서 긴장도 되지만 그럴 때는 그냥 웃는 다고 했다. 그 다음에 이어지는 말이 압권이다. 때론 상대선수를 심리적으로 흔들기 위해 일부러 웃는다며 자신만의 비밀을 공개했다. 골프란 상대도 긴장하기 때문에 일부러 웃으면 "쟤는 긴장도 하지 않는가 봐?" 하며 심리적으로 위축되는 것이 보이더라는 말이다.

　사실 골프를 치다 보면 잘 안 맞을 때가 오히려 더 많다. 그럴 때 상대가 이유도 없이 자기를 보고 웃으면 괜히 신경이 쓰이고 약이 오른다. 그리고 자기를 무시하는 것 같은 느낌이 들기도 한다. 그는 바로 그걸 노린 것이다.

　언젠가 미국의 UCLA 대학에서 간질치료를 연구하다가 대뇌에 4평방 센티미터 크기의 웃음보를 발견했다는 기사를 읽었다. 사람이 긴장하거나 두려운 생각이 들 때 자의든 아니든 미소를 지으면 그 미소 근육의 수축이 뇌의 웃음보를 자극하여 부정적인 사고를 몰아내고 긍정적인 역할을 하게 해준다는 것이다.

　그 글을 읽으면서 골프에도 필요할 것 같아 필드에 나가면 의도적인 미소를 지어 보니 과연 효과가 있었다. 차를 몰고 골프장에 도착하기도 전에 가슴은 뛰고 라커에서 옷을 갈아 입다 보면 괜히 서둘러져 마음이 급해진다. 그리고 골프를 치면 긴장을 한다. 그런 순간순간 바보처럼 혼자 미소를 짓거나 소리내지 않고 웃으면 긴장이 이완되고 심리적인 안정이 되는 것을 알았다. 그 덕분에 나는 몇 년 전 소속프로협회의 골프대회에 나가서 시니어부의 우승을 차지하면서 난생 처음 상금도 받았다.

그런데 나이 어린 신지애는 경기 중에 미소로 자신의 심리를 컨트롤할 뿐만 아니라 상대선수의 심리까지 교란시키는 무기로 활용한다는 맹랑한 소리를 듣고 깜짝 놀랐다. 그가 갑자기 작은 거인처럼 느껴졌다. LPGA무대에서 그의 활약이 기대된다.

미완이라도 슬프지 않아

피아니스트 백건우 하면 모르는 사람이 없을 것이다. 프랑스 파리에 거주하면서 연주활동을 하고 있는 그는 한때 한국영화계의 톱스타였던 윤정희와 결혼을 하면서 유명세를 치르기도 했다.

그는 매년 연말이면 부인과 함께 고국을 찾아 음악애호가들을 위해 연주회를 갖는다. 금년에도 연말에 예술의 전당에서 연주회 일정이 잡혀 있다는 소식이다.

지난 해 말 귀국한 그는 연주회를 마치고 인터뷰를 했다. 50년간 수많은 피아노 연주를 해 오면서 같은 악보를 수천 번 읽고 몇천 번을 연주했는데도 거기에는 또 다른 것이 숨어 있어 단 한 번도 만족한 연주회를 갖지 못했다고 토로했다. 건반을 떠나지 못하는 이유라고도 했다.

"같은 피아노건반으로 똑같은 곡을 쳐도 늘 다릅니다. 음악을 알면 알수록 음악을 쫓아가지 못한다는 것을 깨닫지요. 죽을 때까지 내 음악은 미완으로 끝날 것 같아요. 그런 생각을 하면 슬퍼요. 하지만 내 삶이 여전히 음악 속에 있다는 것에 감사해요."

세계적인 피아니스트로서 음악에 대한 연민의 정이 나의 가슴에 와 닿는 것은 웬일일까? 골프로 반평생을 살아온 나의 일상과 흡사했기 때문이 아닐까 하는 생각을 해 본다.

사람이 어느 한 분야에서 10년을 종사해야 비로소 입문했다는 소릴 할 수 있고 20년은 해야 뭘 좀 한다는 말을 들을 수가 있으며 30년을 해야 대가(大家) 소리를 듣고 그 이상을 해야 비로소 입신의 경지에 이른다는 말이 있다. 피아노경륜 50년이면 입신의 경지에 오르고도 남을 백건우의 음악인생 이야기를 들으면서 나는 음악이라는 예술과 골프가 다르지 않다는 생각을 해 본다. 아무리 골프코스의 구석구석을 자신의 손바닥같이 안다고 해도 변화무쌍한 자연현상은 때때마다 골퍼들을 심리적으로 압박한다. 늘 사용하는 드라이버이지만 티샷은 페어웨이를 지키기가 쉽지 않고 아이언샷이 제대로 되는 날은 퍼터가 그린을 헤맨다. 드라이브샷이 망가지면 모든 샷이 줄초상이다. 항상 같은 코스에서 경기를 펼쳐보지만 어제와 오늘이 다르다.

나도 이제 골프채를 잡은 지 30년이 넘었다. 세상이 세 번이나 바뀌는 세월 동안 골프를 치며 연구를 거듭해 왔건만 골프에 가까이 다가갈수록 멀리 도망가는 것 같은 느낌을 받을 때마다 백건우의 말이 가슴에 와 닿는다. 비록 골프가 영원히 미완으로 끝난다 할지라도 나는 슬퍼하지 않을 것이다. 골프를 함께 할 수 있다는 것만으로도 감사하니까.

송보배가 징계받은 까닭

송보배가 골프룰 때문에 중징계를 당했다는 소식이다. 일본에서 활약하고 있는 그는 한국여자프로골프협회의 상벌위원회로부터 향후 2년간 협회주관 골프대회 출전금지와 2천만 원의 벌금 등 한국여자프로골프사상 초유의 징계를 받았다.

지난 4월 12일 제주도의 제피로스 골프장에서 열렸던 김영주 골프 여자오픈에 초청받아 출전한 그는 대회경기 도중 경기위원이 내린 판정에 불손하게 대응하고 경기를 중도 포기했다는 것이 이유였다. 당시 경기중계를 보지 못했던 나는 징계의 배경이 궁금한 나머지 여기저기 알아보았다. 마침 현장에서 당시 상황을 직접 목격했다는 갤러리의 글을 접하게 되었다.

대회 이틀째. 송보배는 9번 홀(파4)에서 세컨샷한 볼이 그린을 오버해서 러프로 들어갔다. 그린 주변의 러프가 깊어 갤러리들은 숨죽여 가며 그의 다음 샷을 보고 있었다. 그는 그립을 짧게 잡고 볼을 쳤지만 볼은 요지부동이었다. 난감한 그는 결국 동반자들에게 언 플레이어블 볼을 선언하고 홀에서 가깝지 않은 곳에 드라이버 두 클럽 내에 마크를 하고 드롭을 했다. 1차 드롭한 볼이 경사를 굴러 내려가 재드롭을 할 때까지 골프룰 상 아무런 하자는 없었다고 한다. 그런데 선수들의 스코어를 수시로 대회본부에 알려주는 필드보조원이 무전기로 연락을 했는지 경기위원이 현장에 도착했을 때 송보배는 막 2차 드롭을 하고 있었다. 재드롭한 볼이 다시 경사를 굴러 내리자 그의 캐디는 골프룰대로 볼을 집어서 마크한 자리에 놓으려고 하자 경기위원이 이를 제지하며 볼이 굴러 내린 곳에서 그대로 샷을 하라고 지시를 했다고 했다. 이미 동반자의 동의를 받아 언 플레이어블 볼을 선언하고 나서 룰에 따라 하자 없이 경기를 진행했는데 선수의 요청도 없이 나타나 가타부타하는 것은 경기위원으로서 월권이라는 것이 현장에 있던 목격자의 이야기였다. 그 경기위원은 나중에 경기위원장으로 밝혀짐으로서 송보배는 결국 경기위원장의 판정에 이의를 제기한 셈이 되어 괘씸죄가 적용된 것 같았다. 골프에는 심판이 없다고 한다. 골프룰은 골퍼를 벌주기 위한 것이 아니라 구제를 원칙으로 만들어졌다는 말도 있다. 따라서 선수들은 경기 중에 경기위원을 불러서 본인이 최대한 유리한 쪽으로 판정을 받는 것이 일반적인 관례다.

이번에 있었던 사상초유의 골프룰 해프닝은 경기위원과 선수 모두에게 문제가 있었다고 판단되지만 이러한 경우 우리나라에서는 선수가 손해를 보게 된다. 물론 송보배 역시 선수로서 품위를 잃은 언행은 변명의 여지가 없을 것이다. 하지만 국내대회 출전금지 2년에 벌금 2천만 원이라는 협회 측의 결정은 선수생명에도 영향이 있는 가혹한 처사가 아닌가 하는 생각을 지울 수가 없었다.

홀인원이야기

며칠 전 나는 서울 강남에 있는 한 법무사 사무실에 있었다. 고향에 있는 땅 문제를 상의하기 위해서였다. 상담을 하다 보니 역시 법은 멀다는 것을 느꼈다. 사무실을 나서자 갑자기 피곤이 엄습해 와 몸살이 날 것만 같았다. 마침 길 건너편 빌딩의 사우나간판이 눈에 들어왔다. 내부시설은 호텔사우나 못지 않았으나 평일이라 그런지 조용했다. 샤워를 하고 열탕에 들어가니 화끈한 열기에 숨이 막혔다. 곧이어 두 명의 건장한 사내가 열탕에 들어왔다.

"김사장! 요즘 사업 잘 되지?"

좀 뚱뚱해 보이는 50대 초반의 사내가 긴 의자에 걸터앉으며 머리에 타월을 덮어 쓰고 뒤따라 들어오는 사람에게 말을 던진다. 김사장이라는 사람은 뜨거운 열탕에서 내뿜는 열기 때문인지 타월로 머리를 덮고 있었다.

"요즘 잘 되는 게 어디 있나요? 죽을 지경이죠. 근데 선배, 제가 얼마 전에 홀인원을 했거든요? 그러고 나서 일이 좀 풀리는 것 같아요."

하며 머리를 덮어쓰고 있던 타월을 벗는데 40대 후반은 돼 보였다.

"어! 홀인원했다고? 축하해."

하며 그는 골프장에서 하이파이브를 하듯이 손바닥을 내민다. 김사장이라는 사람도 엉겁결에 손바닥을 마주치는 걸 보니 동심이 따로 없었다.

"홀인원을 하면 3년 동안 재수가 있다는데 당신 사업도 앞으로 잘 풀릴 거야. 나도 몇 년 전에 홀인원을 하고 좋은 일이 많았거든! 하하하."

50대가 웃으며 격려를 했다.

"선배, 저 이번에 홀인원하고 혼났어요. 홀인원 한 번만 더 했다간 집안 기둥뿌리 빠지겠더라고요. 하하하."

김사장이라는 사내는 이마에서 흘러내리는 땀을 닦으며 호탕하게 웃는다.

"허허, 홀인원 턱을 단단히 썼던 모양이구먼. 하긴 누가 그러는데 홀인원은 신이 점지한 사람만이 할 수 있다는 거야. 그래서 홀인원을 하면 신에 대한 보답차원에서라도 반드시 한 턱을 쏴야 한대. 일종의 주고받는 식이랄까. 홀인원 턱을 크게 썼다니까 당신도 앞으로 좋은 일만 있을 테니 두고 보라고. 김사장, 다시 한 번 홀인원을 축하해."

열탕 안에서 본의 아니게 두 사람의 홀인원이야기를 엿듣다 보니 10년 전 일이 주마등처럼 눈앞을 스친다. 당시 나는 직장을 은퇴하고 나서 무료한 나날을 보내고 있을 때였다. 마침 골프 다이제스트가 주최한 전국아마추어골프대회에 출전을 했다. 2001년 4월 30일이었다. 세븐 힐즈CC(지금의 안성 베네스트)의 페어웨이 잔디는 이미 파릇파릇했으나 봄을 시샘이라도 하듯 옷깃을 파고드는 찬바람과 쌀쌀한 날씨는 라운드를 힘들게 했다.

북코스 2번, 파3홀에서 나는 5번 아이언으로 티샷을 했다. 그린 앞에 떨어진 볼이 깃발 쪽으로 굴러가는 것 같아 그린을 오버한 줄 알았는데 순간 웨이브를 준 앞팀에서 "와, 홀인원!!" 하며 환호하는 소리가 귓전을 때렸다. 홀인원을 한 것이다. 난생 처음이었다. 홀컵에서 볼을 꺼낼 때까지 나는 실감이 나지 않았다. 그 날의 홀인원 행운이 내 인생 후반기를 새롭게 장식할 줄은 꿈에도 상상하지 못했다. 마침 홀인원 골프보험을 들어놨던 터라 보험금 200만원은 가족과 친구들에게 한 턱을 쏘는 데 충분했다.

그 날 이후 나에게는 상상도 못할 행운이 찾아왔다. 티칭프로 경쟁에서 합격하고 자격증을 받자마자 유명스포츠센터에 골프전문 강사로 취업이 됐는가 하면 전세 살던 아파트를 싸게 구입할 수 있는 기회가 생겼고 난생 처음 내 골프수필집에 대한 매스컴의 반응이 뜨거워 인터뷰에 정신이 없었다. 한 대학교 평생교육원에서 골프 겸임 교수 제안을 받은 것도 홀인원을 하고 나서였다.

기록에 의하면 세계에서 홀인원을 처음 한 사람은 1868년 스코틀랜드의 골프영웅 영 톰 모리스라고 한다. 당시 홀인원을 하면 위스키 한 병 값에 해당하는 3실링을 캐디에게 주었으며 홀인원 축하 턱은 본인이 아닌 동료들이 냈다고 한다.

주말골퍼들의 홀인원 확률은 4만3천 분의 1이라고 하니 홀인원은 1만 번 라운드에 한번 있을까 말까 하는 대단한 행운인 셈이다.

가끔 홀인원을 하고 쉬쉬하며 대충 넘어가려는 사람을 보면 안타깝다. 모처럼 찾아온 행운을 스스로 외면하는 소탐대실(?)의 우를 범하는 것이니 홀인원 보험이라도 들어놨다가 멋지게 한 턱을 쏜다면 분명 그에 대한 신의 보상이 있을 것이다.

진짜 공짠데 정말 진짠데

우리나라가 **뼈빠지게** 가난하던 시절, 공짜면 양잿물도 마신다는 말이 인구에 회자되곤 했다. 양잿물은 빨랫비누를 만드는 데 쓰이는 약품으로 사람에겐 독약이나 다름이 없다. 공짜라면 그런 독약도 마시겠다는 것은 물질에 대한 인간의 탐욕을 나타내는 역설적인 표현이 아닐까 생각해 본다.

어제 신문에 현 뉴욕주지사가 야구장 공짜표를 받고 망신을 당했다는 기사가 났다. 지난 해 월드시리즈의 경기관람표 5장을 공짜로 받은 것이 뒤늦게 탄로가 났던 것이다. 서양 사람들도 공짜 앞에는 자유스러울 수가 없었던 모양이다.

한때 핸드폰가게의 유리창에 큼직하게 쓰인 공짜라는 글씨가 지나가는 사람의 눈길을 끈 적이 있었다. 장사꾼들의 눈감고 아웅하는 식의 공짜라는 말은 사람들로 하여금 공짜에 대한 분별력을 잃게 만든다.

10년 전 나는 우연한 기회에 미국골프전문기관으로부터 레슨자격증을 취득하면서 취미가 직업으로 바뀌어 골프를 가르치는 지도자가 됐다. 정년퇴직을 하고 나서 환갑 때 일이었으니 매우 특이한 케이스라고 하겠다. 운이 좋아서 분당에 있는 한 주상복합단지 내에 있는 유명스포츠센터에 취직을 했다. 그곳에서 4년 반 동안 만 번이 넘는 골프레슨 경험을 쌓으면서 명실상부한 레슨프로의 길을 걷게 되었다.

보다 나은 선진 골프를 배우기 위해 혼자 미국행 비행기에 몸을 실었다. 배움에 대한 강한 의욕이 용기를 준 것이다. 귀국하여 강의를 하면서 원포인트 레슨을 원하는 사람들은 누구에게나 성의를 다해 가르쳤다. 물론 공짜였다. 주위 사람들은 프로가 그러면 안 된다고 말렸지만 나는 내 길을 갔다.

내가 처음 골프를 배울 때 일이 생각났기 때문이다. 직장에 다니던 시절 레슨비 때문에 나는 골프를 제대로 배우지 못했다. 그렇다고 혼자 마구잡이식 독학을 할 수가 없어서 골프연습장을 전전하며 생면부지의 레슨프로에게 원포인트 레슨을 청했다. 골프를 배우고자 하는 정성이 통했던지 그들은 나를 외면하지 않았다.

나는 그때 레슨프로들에게 진 빚을 조금이나마 갚기 위해서 노력했으나 한국사람 특유의 낯가림 때문인지 몰라도 반응이 없었다. 골프를 쉽게 그리고 제대로 배울 수 있는 "좋은 기회인데, 아주 좋은 기회인데……." 골프는 볼을 치는 기술도 중요하지만 골프매너와 멘탈 그리고 골프에 대한 지식 또한 필요하기 때문에 조금만 용기를 내면 일

거양득할 수 있는 기회가 될 수 있을 텐데 하도 세상이 어수선하니
진심을 몰라주는 것 같아서 안타까웠다. 진짜 공짠데 정말 진짠데.

골프선수는 골프장에서 죽어라

최근 어느 여자골프선수에 대한 신문기사는 충격 그 자체였다. 그는 중1 때 최연소국가대표에 발탁됐고 고등학교 때까지만 해도 이미 30회의 우승을 차지할 정도로 전도유망한 선수였다. 하지만 아버지의 지나친 욕심과 기대감 때문에 스코어가 좋지 않은 날에는 매를 맞았고 욕도 수없이 들었다. 경기를 하다가 오비를 내면 아버지는 클럽을 부러뜨려 침대 옆에 매달아 놓았다. 그는 오전수업과 저녁의 과외공부시간만 빼고 매일 새벽 5시부터 밤 10시까지 오직 골프연습에만 몰두했다. 그것도 모자라 잠자기 전 밤 12시부터 1시간 동안 쇠파이프를 휘둘러 대다가 손목부상을 입기도 했다. 하지만 "선수는 골프장에서 죽어야 한다"는 아버지의 그릇된 집착 때문에 대수롭지 않게 여기고 방치했던 인대가 녹아내리는 치명적인 상처를 입어 다시는 골프채를 잡을 수 없게 되자 실망한 나머지 그는 두 번이나 자살을 시도할 정도로 인생을 포기했다. 물론 이러한 사례는 특이

한 경우겠지만 골프선수인 자식에 대한 아버지들의 과욕이 얼마나 큰 불행을 자초하는지 알 수 있는 대목이다.

특히 IMF 이후 박세리의 성공사례는 세리 키즈라는 신조어를 만들어냈다. 골프가 아무리 인생과 같다고 하지만 골프선수의 아버지들은 골프를 통해 자식의 인생을 가르치는 것이 아니라 오직 골프 잘 치는 기술자를 만드는 데만 애써왔다. LPGA 투어에서 성공한 한국 여자선수들의 아버지를 미국의 언론들은 골프 대디라고 하여 자식에 대한 아버지의 희생이 헌신적인 모습으로 비춰지기도 했다. 승합차를 빌려서 딸과 함께 대회골프장을 찾아 몇날 며칠 운전을 하는가 하면 골프대회가 열리는 미국의 작은 도시에 한식집이 없으면 직접 밥을 짓고 김치찌개를 끓이는 등 잔일을 챙겨주며 오직 딸의 우승만을 염원하는 것이 골프 대디의 일상이 된 지 오래다.

미국에도 프로선수들의 아버지역할은 크다고 한다. 하지만 그들은 청교도 정신을 바탕으로 골프를 통해 스스로 인생을 살아가는 데 필요한 정신적인 발판을 마련해 주고 공부를 시켰다. 골프는 항상 공부 다음이었다.

미국의 작은 마을에 있는 라트로브 골프클럽의 프로골퍼이자 그린키퍼이며 트럭기사이기도 한 디콘 파머의 아들로 태어난 아놀드 파머는 어느 날 집 앞에 있던 아름드리 떡갈나무가 벼락을 맞고 쓰러진 것을 보았다.

고목에서 꿀이 가득한 벌집이 나왔다. 파마의 아버지는 그 꿀을 엄마에게 갖다 드리라고 했다. 그리고는 설탕 한통을 그에게 주어 벌집이 있던 자리에 갖다 놓도록 했다. 벌들이 꿀 대신 먹을 수 있도록 하기 위해서였다. 파마가 7살 때 일이다. 아버지 디콘 파머는 아들에게 사람을 존중하는 법, 겉과 속이 다르지 않게 사는 법, 다른 사람의 입장을 이해하는 법을 몸소 실천해 보이고 나서 골프클럽을 잡는 법을 가르쳐주었다고 한다.

지금도 파머는 아버지가 남긴 최고의 교훈은 꿀을 가져간 자리에 설탕을 남겨 놓은 것이라고 말한다. 평생을 그렇게 살아온 그는 위대한 골퍼가 되었고 지금도 수많은 사람들로부터 존경을 받고 있다.

골프 황제였던 잭 니클라우스 또한 아버지의 가르침을 잊지 못한다고 했다. 아버지는 운동을 같이 해 보면 그 사람의 성격을 알 수 있다고 말했다. 승리는 물론이고 패배를 받아들이는 태도에서 그 사람의 진면목이 드러난다고 하면서 누군가 나보다 더 잘해서 나를 이겼다면 그 사람에게 진심 어린 미소와 함께 악수를 하면서 잘했다고 말해 주고 특히 악수를 할 때는 진심을 담아서 그 사람이 그걸 느낄 수 있도록 하라고 했다. 그는 지금도 아버지의 가르침을 잊지 못한다고 했다. 우리나라의 어린 프로선수들은 나중에 아버지로부터 과연 무엇을 배웠다고 말할 수 있을까?

꿈은 이루어지다

"**여보세요?** 교장선생님 좀 부탁합니다. 아! 선생님이시군요. 전화로 실례합니다. 저는 모대학 평생교육원에서 골프를 가르치는 교수입니다. 얼마 전 신문에서 귀 학교에 대한 기사를 읽고 전화를 했습니다. 귀 학교에서는 초등학생들에게 특성화교육 차원에서 골프를 가르치더군요. 저는 어린이들에게 골프의 기본을 가르치고 싶습니다. 혹시 저에게 골프를 가르칠 수 있는 기회가 주어진다면 무료로 봉사하려고 합니다. 자세한 것은 만나뵙고 말씀드렸으면 하는데……
아, 이번 토요일에 시간이 괜찮으시다고요. 그럼 토요일 아침 10시에 학교로 찾아가 뵙겠습니다."

나의 꿈은 어린 학생들에게 골프를 가르치며 봉사하는 것이었다. 그동안 틈틈이 주니어골프에 대한 자료들을 수집해온 이유이기도 하다. 지금 우리나라는 여자골프의 강국으로 알려졌다. 하지만 실은 겉만 화려할 뿐 속빈 강정이다. 부모들 욕심 때문에 어린 선수들은 공부는 뒷전이고 일년 내내 오직 골프연습만 함으로서 담임은 물론 교장선생님의 이름도 모르고 승부에만 집착한 나머지 볼치는 기계나 다름이 없었다.

현재 국내여자 프로골프선수들을 보면 극히 일부만 20살 전후에 반짝 우승을 하고는 23살만 넘으면 소리 소문 없이 사라진다. 그리고 30대가 되면 프로 할머니 소리를 듣는다. 어려서부터 골프를 배우려면 공부와 병행을 해야 한다. 골프장에서 평생을 살 수 없기 때문이다.

약속한 토요일 오전에 나는 이력서와 그 동안 출간한 두 권의 책을 들고 학교로 교장선생님을 찾아갔다. 젊은 시절부터 회사일로 세계를 누비며 영업을 해온 덕분에 생소한 사람을 찾아가는 데는 이력이 난 터였다.

교장선생님은 매우 진취적이고 긍정적인 사고방식을 갖고 있어서 대화가 통했다. 우리는 골프에 대해 많은 이야기를 나누었다. 교장선생님에 따르면 교육청의 특성화교육의 일환으로 학교에서 골프를 가르친 지 이제 일 년이 조금 넘었다고 했다. 교실 두 개를 개조하여 실내연습장으로 쓰고 있지만 아직 시설 면에서 열악하기 짝이 없고 예산문제로 지도교사 확보가 안 돼 골프를 잘 모르는 체육선생님이 맡아 하는 등 어려운 처지라며 이렇게 봉사를 자청해 주어 고맙다고 했다.

나는 일주일에 한번 목요일에 봉사할 수 있음을 전하고 밖으로 나왔다. 주말 고즈넉한 운동장 주변의 화단에 피어 있는 각종 아름다운

꽃들과 뛰어노는 어린아이들의 해맑은 얼굴들을 보는 순간 나는 옛날 초등학교 시절이 떠올라 한참을 그대로 서 있었다.

며칠 뒤 골프담당 체육선생님으로부터 연락이 왔다. 매주 목요일 아침 8시부터 1시간 학생들에게 골프를 가르치기로 했다. 비록 일주일에 한 시간이었지만 평소 나의 꿈을 이룬 것 같아 가슴이 뜨겁게 뛰었다. 어린 꿈나무들에게 골프의 기본인 에티켓과 매너 그리고 퍼팅과 쇼트게임을 열심히 그리고 잘 가르치리라.

제2장

골프 실력을 키우기 위한 해법

연습의 금과옥조

매년 골프시즌을 마감하고 나면 유명세를 물던 프로선수들은 연례행사처럼 골프방송에 출연하여 원포인트 레슨을 한다. 아마 시청자들에 대한 팬서비스의 일환일 것이다. 방송진행자는 예외 없이 그들에게 던지는 질문이 있다. 어떻게 하면 골프를 잘 칠 수 있는지 그 비결을 시청자들에게 알려 달라는 것이다. 프로들은 하나같이 골프 잘 치는 비결은 오직 연습뿐이라고 말한다.

방송의 위력 때문인지 아니면 시청자들의 귀가 얇은 탓인지 몰라도 골프연습장은 골퍼들로 만원을 이룬다. 그들은 시간에 쫓기듯 타석에 들어서기가 바쁘게 열심히 볼을 쳐 댄다. 그냥 생각 없이 볼을 치다 보면 연습인지 노동인지 알 수가 없다. 또한 볼은 왜 엉뚱한 방향으로 날아가며, 비거리는 왜 안 나는지 본인은 알 수가 없다. 한쪽 근육만을 사용하는 것이 골프이다 보니 골격에 무리가 오는 것은 당연하고 나쁜 스윙습관이 몸에 배어 평생 고생길로 들어선다. 말은 하지 않지만 아마추어들의 욕심은 로우 핸디캐퍼가 되는 것이 꿈이다. 하지만 혼자서는 안 되는 게 골프다. 특히 겨우내 골프채를 났다가 연습을 하면 더욱 그렇다. 볼이 안 맞으면 샷을 멈추고 주위사람들의 스윙을 보게 하는 것도 한 방법이다. 그러면 자기도 모르게 상대의 스윙을 통해서 느낌이 온다. 아! 바로 저거구나 하는 느낌을 받으면 한번 시도해 본다. 볼이 안 맞는다고 계속해서 무리를 하면 점점 더 깊은 수렁으로 빠져든다. 스윙에 도움이 되는 기본적인 몇 가지를 적어본다.

1. 골프는 정확한 샷이 요구된다. 따라서 연습을 할 때 목표를 설정한다. 프로선수들이 150야드에 드럼통을 놓고 볼을 넣는 연습을 하는 이유다.

2. 연습장에서도 프리샷 루틴을 습관화한다. 번거롭고 힘들지만 필드에서 하듯 샷을 하기 전에 같은 동작을 반복한다.

3. 샷을 하기 전, 웨글을 하면서 고개를 한두 번 돌려 목표를 쳐다본다. 목의 움직임은 몸 전체 근육의 긴장을 이완시켜 주고 웨글은 팔과 어깨의 긴장을 풀어준다.

4. 10개의 샷 중에 2-3개만 잘 맞으면 만족한다. 프로는 70% 확률이면 우승권에 든다고 한다. 더 이상 잘 치려하지 말고 숏게임에 치중하라. 골프는 인내가 필요하다.

5. 샷의 여유를 갖기 위해 타석을 자주 벗어나라. 골프는 여유다. 세계 최초의 골프교습 책을 낸 벤 호건은 20분 연습하고 20분 쉬었

다고 한다. 지금도 그의 연습방법은 미국 레슨프로들의 귀감이 되고 있다. 우리의 연습 환경에서 어렵지만 아무튼 골프에서 서두르는 것은 도움이 안 된다.

6. 드라이버나 우드를 칠 때 클럽헤드가 먼저 출발한다는 느낌이어야 하고 아이언은 두 손이 먼저 시작된다는 느낌이 되어야 올바른 샷이 되고 임팩트에서 볼을 직각으로 맞출 수가 있다. 아마추어가 우드는 잘 맞는데 아이언이 안 맞는 이유이다. 필드에서 꼭 기억해야 할 팁이다.

7. 모든 샷의 다운스윙은 오른손으로 자신의 왼쪽 무릎을 친다는 기분으로 볼을 쳐야 방향성이 좋고 정확한 타점에서 장타가 되면서 피니시가 이루어진다.

8. 굳이 추가한다면 우드나 아이언 모두 백스윙을 할 때 왼팔이 자신의 왼쪽 가슴에 닿는 느낌이 되어야 한다는 것을 잊어선 안 된다. 자주 필드에 나가지 못하는 주말골퍼들이 귀담아듣고 가슴에 새겨야 할 골프의 금과옥조가 아닐 수 없다.

슬라이스 홀에서 슬라이스 잡기

"오비가 난 것 같은데 오비 티에 나가서 치시죠."

캐디가 조심스럽게 말을 했다.

"허참! 이 놈의 홀에만 오면 꼭 슬라이스가 난단 말야. 에이."

공사장은 티샷한 볼이 오른쪽 산 깊숙한 곳으로 슬라이스가 나면서 오비가 나자 망연자실한다. 서너 홀을 파로 잘 버텨 오던 그였다.

"이 홀은 슬라이스 홀입니다."

캐디가 이 말만 하지 않았어도 하는 원망과 아쉬움이 묻어나는 순간이었다. 캐디를 흘낏 쳐다보는 그의 눈이 그렇게 말을 하고 있었다.

필드에 나가서 라운드를 하다 보면 골퍼들은 가끔 캐디가 말하는 소위 슬라이스 홀을 만난다. 하지만 정작 캐디는 그 홀에서 왜 슬라이스가 나는지 이유를 잘 모른다. 그저 그 홀에서 슬라이스가 자주 나는 것을 봤기 때문에 그렇게 말했을 따름이다.

나도 한때 슬라이스 홀에서 애를 먹었다. 그래서 캐디에게 미리 슬라이스 홀 같은 소리를 하지 말아달라고 당부를 하곤 했다. 그리고 슬라이스 홀에 대해서 나름대로 분석을 해 보았다. 아무래도 무슨 까닭이 있을 것 같았기 때문이다. 결론은 팅그라운드에 문제가 있었다. 코스를 설계하는 사람들은 팅그라운드를 디자인하면서 비 올 때 배수를 대비하고 홀의 난이도를 높이기 위해 티박스에 눈에 띄지 않는 경사를 둔다. 그러다 보니 모든 코스의 팅그라운드가 눈에는 평평하게 보이지만 실은 약간의 경사가 져 있다. 대부분 목표방향을 보면 왼쪽이 낮다. 다시 말해서 어드레스를 하다 보면 두 발이 항상 볼보다 낮은 것이 모든 티박스의 공통점이다. 팅그라운드의 보이지 않는 경사는 골퍼들에게 또 다른 코스의 장애물인 셈이다. 아마추어들은 볼이 발보다 높으면 드라이버샷이 깎여 맞아 슬라이스가 날 수밖에 없다. 클럽하우스보다 높은 곳에 위치한 홀일수록 경사가 심하고 밑으로 내려올수록 덜하다. 배수 때문이다. 슬라이스 홀이라고 해서 꼭 슬라이스만 나는 것은 아니다. 핸디가 낮은 사람은 훅이 나기도 한다. 수많은 골프장을 섭렵해서 이를 확인한 후 나는 슬라이스 홀에서 슬라이스를 잡는 방법을 터득했다.

티샷을 하기 위해 팅그라운드에 올라서면 우선 티박스의 경사면을 살핀 다음 티마크 중앙에 볼을 놓고 뒤로 가서 한 번 더 경사도를 살핀다. 그리고 일부러 오픈스탠스를 취하고 정상적인 샷을 한다. 그렇게 하면 슬라이스를 잡을 수가 있다.

남자는 허리, 여자는 엉덩이

남자는 허리, 여자는 엉덩이로부터 골프스윙이 시작되어야 한다고 한희원은 국내의 한 신문의 칼럼에서 적고 있다. 현재 LPGA투어에서 활약 중인 한희원은 박세리, 김미현과 아울러 미국 LPGA투어의 개척세대로 통한다. 마침 나는 골프스윙에 필요한 3L에 관한 글을 쓰려던 참이어서 그의 주장에 한 마디 곁들이고자 한다.

물론 숙달되고 숙련된 프로의 경우에 그의 말이 맞다. 하지만 주말 골퍼인 아마추어는 그의 주장과 다소 거리가 멀다는 것이 나의 경험이다. 2초도 채 안 걸리는 전광석화 같은 스윙을 하면서 허리나 엉덩이에 신경을 쓸 겨를이 없다. 설령 신경을 쓴다 해도 부분적인 신체의 움직임은 스윙의 균형을 무너뜨리게 된다.

골프는 골프채를 잡고 일정하게 스윙연습을 하면 볼을 칠 수 있는 운동이다. 시간이 지나면 볼은 자연히 맞게 되어 있다.

옛날 스코틀랜드 사람들은 야구 방망이 잡듯 열 손가락으로 골프채를 잡고 집에서 하루에 수백 번 스윙연습을 하고 필드에 나가서 골프를 쳤다는 기록이 있다. 물론 당시 골프 교습서는 없었다.

이후 세월이 흘러 골프가 상업화물결을 타면서 교습가들이 골프스윙을 이론적으로 들이대다 보니 골퍼들은 머리가 복잡해지고 생각이 많아져 골프가 힘들고 어려워졌다. 하지만 내가 이야기하려는 3L에 대해서 이해를 한다면 골프를 쉽게 배울 수가 있다.

3L이란 백스윙 시 스윙톱에서 만들어지는 영어의 L자 3개를 말한다. 첫 번째 L자는 백스윙을 하면 오른쪽 허리 부분에서 굽어지기 시작하는 오른 팔꿈치, 두 번째는 스윙톱에서 코킹이 되는 왼쪽 손목, 그리고 세 번째는 오른 손목이 그것이다. 이를 레버리지(Leverage), 즉 지렛대 원리라고 한다. 이때 톱에서 오른팔 굽이 너무 많이 들리면 플라잉 치킨, 즉 닭 날개라고 해서 볼을 치는 데 문제가 생긴다.

골프 샷의 하이라이트는 스윙톱으로부터 다운스윙으로 이어지는 과정에서 풀리는 L자의 순서다. 다시 말해서 다운스윙은 오른 팔굽의 L자가 먼저 풀리고 그 다음이 왼 손목 그리고 오른 손목의 L자가 마지막으로 풀리면서 볼을 1시 방향으로 쳐야 한다. 1시 방향으로 볼을 치려면 다운스윙 시에 오른손이 자신의 왼발 무릎을 친다는 느낌이어야 한다. 그러면 오른쪽 어깨가 따라 들어가면서 허리와 엉덩이를 리드해 왼쪽 다리에 벽이 형성되면서 두 손은 자연스럽게 로테이션되고 멋진 피니시 동작이 이루어지면서 장타를 치게 된다. 느낌은 골프스윙의 기본이다. 물론 처음에는 볼이 들쭉날쭉하지만 계속 연습을 하면 프로의 샷을 터득하게 된다.

S.S.I만 제대로 알면

S. S. I.라고 하면 어떤 사람은 케이블TV의 인기드라마인 특별수사대 이름 아니냐고 묻는데 실은 그게 아니라 골프에서 중요한 골프용어 3개의 첫 글자만 한데 모아 놓은 것이다.

3개의 골프용어는 스트롱 그립(Strong grip), 스퀘어(Square) 그리고 임팩트(Impact)이다. 이는 골프에서 키워드라 해도 지나치지 않을 정도로 비중이 크기 때문에 골퍼들은 그 의미만 제대로 터득해도 골프에 많은 도움이 될 것이다. 하지만 아는 게 병이라고 했듯이 영어로 된 골프단어를 사전적인 의미로만 해석하다 보면 혼동이 되어 오히려 골프가 어려워진다.

우리나라 사람들은 초등학교부터 최종학교를 마칠 때까지 약 10년간 싫든 좋든 영어를 배우다 보니 웬만한 사람들치고 골프용어의 단어 정도를 모르는 사람이 별로 없다. 하지만 단순히 사전적인 의미로 생각하면 스스로 함정에 빠지기 쉽다. 차라리 영어를 모르는 것이 골프에 쉽게 접근할 수 있다. 골프가 어렵다고 하는 것 중에 하나는 골프용어를 잘못 이해하기 때문이다.

1. 스트롱 그립(Strong Grip): 골프를 배울 때 레슨프로가 왼손을 돌려 손등의 관절이 2-3개 보일 수 있도록 권하는 그립방식이다. 그런데 Strong이란 말을 들으면 사람들은 골프채를 강하게 잡는다. 그냥 잡아도 힘이 들어가는 데 거기다가 강한 의미를 부여하니 손의 악력이 더해져 몸이 딸려 올 정도다. 스트롱 그립이란 의미는 채를 꽉 잡으라는 것이 아니라 그립의 악력은 8 정도이며 주어진 비거리를 낼 수 있도록 잡는 그립의 방식을 말한다. 그렇지 않아도 주말골퍼들은 골프채만 잡으면 손에 힘이 들어가 고생을 한다. 최경주가 골프방송에 나와서 그립을 꽉 잡으라고 했다고 하는데 그것은 그립의 악력을 두 손목에 국한시킬 수 있는 프로들의 경우이다.

2. 스퀘어(Square): 여러 가지 의미로 쓰이지만 여기서는 직각을 뜻한다. 목표를 향해 샷을 하면서 임팩트 순간 클럽페이스를 볼에 '직각' 으로 맞추는 것이다. 골퍼들은 이를 잘못 알고 샷을 하기 전에 미리부터 클럽의 면을 볼 뒤에 직각으로 놓는다. 본인은 편할는지 모르지만 샷을 하는 순간 클럽이 닫혀 맞거나 빗맞아 볼은 왼쪽으로 훅이 나던지 아니면 오른쪽으로 슬라이스가 난다. 골퍼들이 샷을 하면서 헷갈리는 부분이다.

스퀘어 샷을 위해서는 어드레스가 매우 중요하다. 각이 많은 클럽일수록 두 손을 왼발 넙적 다리 앞에 둔다. 소위 핸드 퍼스트다. 클럽페이스가 약간 열려 보이고 손잡이의 글씨는 눈 밑에 온다. 샤프트가 긴 클럽일수록 두 손은 배꼽 앞에 와야 한다. 클럽페이스가 약간 열려 보이게 하라고 하면 사람들은 볼이 오른쪽으로 날아갈 것 같아 겁을 낸다. 모든 아마골퍼들의 공통점이다.

3. 임팩트(Impact): 임팩트란 수없이 듣고 말도 많이 하지만 무엇이 진정한 임팩트인지 정확히 아는 아마추어는 별로 없다. 임팩트란 볼을 치면서 충격을 줌으로서 멀리 샷을 보내는 것인데 왼 손목이 꺾이지 않고 버텨 주어야 한다. 볼이 멀리 그리고 똑바로 날아가는 까닭이다. 요령은 딱 한가지다. 다운스윙 시에 오른손으로 자신의 왼쪽 무릎을 때린다는 기분으로 볼을 쳐야 샷을 하는 순간 왼손 목이 꺾이지 않고 자연스럽게 몸통이 회전되면서 클럽헤드에 몸의 힘이 실려 볼을 목표방향으로 날려 보낸다. 멋진 피니시 동작이 이루어지는 것은 당연하다.

골프는 체중이동이 아니라 몸통회전이다. 연습을 자주하면 몸에 익혀진다. 위에 설명한 골프용어 3개만 올바르게 이해하고 스윙을 익히면 골프가 재미있어진다.

드라이버는 딱 10개만 친다

봄이다. 봄은 골프시즌이 돌아왔다는 의미이기도 하다. KPGA 투어 개막식 오픈을 하루 앞둔 지난 4월 8일 한국프로골프협회에서는 골프의 재미를 더하기 위해 프로암대회에 나온 프로선수들로 하여금 깜짝 이벤트를 펼쳤다. 한 회사제품의 드라이버를 갖고 장타대회를 연 것이다. 이름이 별로 알려지지 않은 프로 3년차인 김혜동이 앞바람임에도 불구하고 333야드를 날려 장타상을 받았다. 그는 인터뷰에서 매일 같이 연습을 하면서 드라이버는 딱 10개만 친다고 말했다. 그것도 대충 10개 정도가 아니고 딱 10개라고 했다. 주말골퍼들은 자다가 무슨 봉창 두드리는 소리냐고 황당해했을 것이다.

연습장에 가보면 아마추어들은 드라이브샷을 얼마나 많이 치는지 모른다. 갈비뼈에 금이 가거나 근육통으로 고생하는 건 말할 것도 없다. 연습인지 노동인지 분간하지 못하는 골퍼들이 많다. 연습은 양보다 질적으로 해야 효과가 난다는 것을 잘 모르는 것 같다. 막상 드라이버를 치겠다고 타석에 들어서면 사람들은 많이 치는 것이 연습장 비용을 뽑는다는 생각에 마구잡이로 쳐댄다.

드라이버는 필드에 나가서 14번 밖에 치지 않는 클럽이다. 그만큼 그 사용빈도가 적은 클럽인데 아마추어들은 연습장에서 줄곧 드라이브만 연습한다. 잘 맞으면 신나서 치고 안 맞으면 화가 나서 친다. 올바른 스윙궤도가 유지될 리가 없다.

미국 티칭프로의 대부 하비 페닉이 생전에 권했던 연습방법은 독특했다. 연습 전에 반드시 스트레칭으로 몸을 풀고 난 다음 웨지로 풀 스윙해서 볼 다섯 개를 친 다음 7번 아이언으로 역시 다섯 개의 볼을 친다. 방금 친 볼이 잘 맞지 않아도 더 치고 싶은 욕구를 참는다. 물론 매우 힘들겠지만 골프에서 인내는 골퍼의 덕목 중 하나다.

연습은 장기적이고 구체적인 목적의식을 갖고 해야 한다고 말했다. 7번 아이언을 치고 나면 우드(3번이나 5번)를 꺼내서 역시 다섯 번을 친다. 이 모든 샷들이 정확한 목표지점이 있어야 함은 물론이다. 우드를 쳤으면 다시 7번 아이언을 들고 볼을 다섯 개 더 친다. 좀 더 치고 싶으면 드라이버로 3-4개의 볼을 치는 데 볼 한 개마다 필드에 나가서 치듯 사전 준비과정을 거친다. 프리샷 루틴을 하라는 뜻이다.

옆에서 봐주는 사람 없이 혼자서 많은 볼을 친다는 건 자신도 모르게 나쁜 습관만 몸에 배게 한다. 나머지 시간은 숏게임에 투자하라고 했다.

물론 우리나라 연습장의 특성상 그의 방식을 따라 하긴 쉽지 않지만 연습을 효과적으로 하려면 시간에 구애받지 말라는 것이다. 연습은 많이 한다고 좋은 것이 아니다.

장타의 비결

장타는 모든 골퍼들의 꿈이자 소망이다. 평소 장타자라고 뻐기던 김사장은 해를 넘기고 나더니 갑자기 드라이버의 비거리가 줄었다고 울상이다. 들어내 놓고 말 못하는 발기부전증환자 같아 보여 측은지심이 든다. 찬물에 뭐 준다는 말이 있듯이 골프는 자주 안 치면 몸의 유연성이 떨어져 거리가 줄게 되어 있다. 드라이버의 문제가 아니다. 더군다나 겨우내 골프를 안 쳤으면 달리 방법이 없다. 특히 드라이버 비거리는 나이와 비례한다. 문제는 장타에 대한 골퍼들의 욕심이다. 주말골퍼들은 우선 드라이버의 헤드스피드에 따른 자신의 비거리를 알아야 한다.

얼마 전 한 골프잡지사는 주말골퍼들의 앙케이트 조사에서 한국아마추어골퍼들의 평균 드라이버 비거리가 220m라고 발표를 하고 미국사람들 보다 평균 20m가 더 나간다고 했다.

220m면 약 240야드다. 참으로 대단하다. 이 정도의 거리를 내려

면 헤드스피드가 mph당 100마일은 돼야 가능하다. 몸의 유연성이 따라 주지 않으면 가능하지 않다. 전문기관이 발표한 아마추어들의 연령별 헤드스피드를 보면 다음과 같다.(mph)

40대 전후 : 110-100마일

50대-60대 : 100-90마일

참고로 280-290야드를 치려면 헤드스피드가 115마일 이상은 돼야 하고 300야드를 넘게 날리려면 로리 맥길로이같이 헤드스피드가 120마일 이상이 돼야 한다. 장타를 치려면 헤드스피드에 따른 클럽 헤드의 로프트 각이 적어야 한다. 예를 들면 300야드를 날리는 미국 프로들의 드라이버의 로프트 각은 8도라고 한다. 타이틀리스트에서는 헤드스피드에 따른 골퍼들의 이상적인 드라이버의 로프트 각을 발표한 바 있다.

70마일 이하는 16도(시니어 여성),

70-80마일은 12도(일반 여성),

80-90마일은 11도(시니어 남성),

90-100마일은 10도(일반 남성),

100마일 이상의 드라이버 각은 9도 내지는 7.5도라고 했다.

다시 말해서 헤드스피드가 약한 사람은 데이터에서 보듯이 드라이버의 로프트 각이 많은 것을 써야 오히려 비거리가 난다는 것을 알 수 있다. 헌데 주말골퍼들은 체면 때문에 자신의 헤드스피드를 감안하지 않고 무조건 로프트 각이 적은 드라이버를 사용함으로서 오히려 효과를 반감시킨다. 이러한 골퍼들의 심리를 활용해서 골프용품 회사들은 드라이버의 로프트 각을 실제보다 적게 표시한다는 소문이 있다. 즉 클럽에 적힌 로프트 각이 10도면 실제는 10.5도이고 여성들의 11-12도는 13도라고 한다.

골퍼들은 장타욕심을 버리고 먼저 자신의 헤드스피드에 맞는 드라이버의 로프트 각을 선택해야 한다. 결국 자신의 헤드스피드에 맞는 비거리가 장타인 셈이다.

모르는 사람과 골프를 쳐야

아마 많은 스포츠 중에 골프처럼 처음 만난 사람과 스스럼없이 어울릴 수 있는 운동도 없을 것이다. 그러나 우리나라 사람들이 낯선 사람과 어울려 골프를 친다는 것은 생각보다 쉽지 않다. 이상하게 꺼리거나 멋쩍어하기 때문이다.

"얼굴도 잘 모르는 사람들하고 어떻게 골프를 치냐. 재미없어서 나는 안 갈란다. 다음에 같이 치자."

마침 자리가 하나 비어서 친구에게 골프 치러 같이 가자고 하니 이 핑계 저 핑계를 대다가 결국 못 가겠다고 솔직하게 털어놓는다. 같은 나래를 가진 새들끼리 모인다는 속담이 있듯이 우리나라 사람들은 늘 가깝고 친한 사람들끼리만 골프를 치려 하고 어색한 분위기는 싫어하는 습성이 있다. 하지만 골프심리학자들은 골프를 잘 치려면 가까운 사람들 하고만 치는 것은 도움이 안 된다고 말한다.

미국 골프장에 가보면 대부분 혼자 와서 선착순에 의해 낯선 사람과 어울려서 골프를 즐긴다. 미리부터 4인조로 한 팀을 만들어야 하는 것은 우리나라 밖에 없는 것 같다. 나는 30년 동안 골프를 쳤지만 가까운 친구들보다 모르는 사람들하고 친 경우가 더 많았다.

낯선 사람들과 치면 처음에는 썰렁하지만 한 홀만 지나면 금새 친해진다. 긴장된 분위기 때문에 상대에 대한 매너에도 신경을 쓰게 돼 오히려 골프가 진지해서 좋다.

어느 골프심리학자는 "이 세상에 낯선 사람은 없다. 아직 알지 못한 사람이 있을 뿐"이라고 말하면서 낯선 사람들과 골프를 쳐야만 하는 이유를 "한 번도 골프를 함께 쳐 본 적이 없는 사람이 의외로 마음 편하고 기쁨을 줄 수 있다. 그러다 보면 자연히 골프를 통해서 좋은 사람을 만나게 되고 골프실력도 향상된다."고 했다.

얼마 전에 내가 아마추어골프대회의 경기위원장을 할 때였다. 출발 지점인 클럽하우스 뒤편에서 참가선수들에게 진행요령을 알려주고 나니 다가와 인사를 하는 사람이 있었다.

"어, 정사장 아니세요? 오랜만입니다. 대회에 참가했군요."

"네, 선생님이 저에게 골프를 가르치면서 낯선 사람들하고 골프를 쳐야 경험이 쌓이고 골프매너도 배울 수 있다고 해서 이번에 작정하고 혼자 참가했습니다."

"잘 오셨습니다. 그럼 잘 치시고 나중에 봅시다."

40대 후반이었던 정사장은 나에게서 골프레슨을 받았던 사람이다. 보기플레이 수준인 그가 혼자서 아마추어골프대회에 참가했다는 것 자체가 대단한 용기다. 최근 국내에는 각종 아마추어대회, 인터넷동

호인 모임 등 알게 모르게 골프대회가 많다. 핸디캡과 상관없이 참가비만 내면 누구나 참가할 수 있다. 참가비도 생각보다 비싸지 않다. 새로운 분위기에서 경험도 쌓고 사람들과 사귀면서 자신의 실력을 가늠해 볼 수 있는 좋은 기회다. 대회는 대부분 신 페리오 방식을 적용하기 때문에 운이 좋으면 상도 탈 수 있다. 낯선 사람들과 골프를 칠 수 있다는 것 자체가 이미 골프의 반은 터득한 것이나 다름이 없다.

롱아이언을 치는 법 좀 가르쳐주세요

며칠 전 골프신문을 읽다가 질의 응답 코너에 눈이 멈췄다. 어떻게 하면 롱아이언을 제대로 칠 수 있는지 알려달라는 독자의 질문을 봤기 때문이다. 요즘도 롱아이언에 관심을 갖고 있는 아마추어 골퍼가 있다는 것에 놀랐지만 담당프로의 답변이 더 걸작이었다. '양발을 모은 채 일단 볼을 티에 올려놓고 하프스윙으로 볼을 맞추는 훈련을 꾸준히 한 다음 볼을 바닥에 놓고 풀스윙으로 도전해 보라.'고 했다. 참으로 희한한 응답이 아닐 수 없었다. 그렇게 백날 해 봐야 롱아이언은 제대로 칠 수가 없기 때문이다.

롱아이언은 주로 아이언 3, 4번을 말하지만 5번 아이언도 포함시키는 사람이 있다. 평소 캐디백에 넣고는 다니지만 치기가 어렵다는 선입견 때문인지 실제 사용하는 사람은 별로 없다.

요즘 일본제품의 골프클럽에는 3번 아이언이 없다. 골퍼들이 안 쓰는 것을 알고 아예 만들지를 않는다고 한다. 롱아이언을 치는 방법을 가르쳐주는 사람이 없을 뿐만 아니라 책에도 올바른 샷 방법이 없으니 롱아이언은 이제 구시대의 유물처럼 취급되고 있다.

잭 니클라우스는 롱아이언을 9번 아이언 치듯 하라고 했다. 롱아이언이란 생각을 하지 말고 치라는 것이다. 바람이 불거나 먼 거리의 파3홀에서 롱아이언만큼 적합한 클럽도 없다. 설령 온그린이 안 되도 크게 미스할 확률이 적기 때문에 많은 타수를 잃지 않는다. 롱아이언 샷 방식은 다음과 같다.

- 허리는 20도 정도 굽히고 스탠스는 어깨 넓이로 한다.
- 볼은 왼발 뒤꿈치 앞에 놓고 티샷인 경우 적당한 높이의 티에 올려 놓는다.
- 채는 약간 짧게 잡고 스트롱 그립의 두 손은 자신의 배꼽 앞에 오도록 한다. 롱아이언은 다른 채보다 로프트의 각이 있어 핸드퍼스트하면 안 맞는다.
- 연습스윙을 몇 번 하고 고개를 한두 번 돌려서 목표를 본다. 집중력을 키우기 위해서다.
- 백스윙 시 두 손은 오른 발등을 지날 때까지 틀거나 움직이지 말고 왼팔은 왼쪽 가슴에 붙여 천천히 밀어준다. 그래야 왼팔이 목표와 직선상이 된다. 롱아이언 샷의 핵심 포인트이다. 스윙 괘도가 어색하고 불편한 느낌이 들어야 잘 맞는다.
- 다운스윙은 오른손으로 자신의 왼쪽 무릎을 친다는 느낌으로 가볍게 샷을 하면 스위트 스포트에 볼이 맞아 피니시가 이루어진다. 구

력이 오래된 사람은 몸에 밴 스윙 습관 때문에 따라 하기가 쉽지 않지만 새로 골프를 시작하는 사람은 연습을 통해서 샷의 요령을 쉽게 터득할 수 있다. 롱아이언은 뭐니뭐니해도 올바른 연습에 의한 자신감이다.

보조개의 물을 닦아라

　　보조개 하면 양볼에 오목하게 들어간 자리를 말한다. 주로 여성들에게 볼 수 있다. 웃을 때 섹시하고 앙증맞아 매력 만점이어서 뭇 남성들의 선망의 대상이 되기도 한다. 그런데 보조개가 사람의 얼굴이 아닌 골프 볼에도 있다. 소위 딤플(Dimple)이라고 하여 골프 볼의 표면을 덮고 있는 오목 패인 자국을 말한다. 마치 인공위성에서 찍은 달 표면의 울퉁불퉁한 사진처럼 골프 볼은 딤플로 덮여 있다. 어떤 볼은 그 수가 480개나 되고 그보다 적은 것도 있다. 여성은 보조개가 매력이듯이 골프의 매력 또한 딤플이라 해도 틀리지 않을 것이다. 아무리 골프코스가 아름답고 훌륭한 골프채가 존재해도 골프 볼에 딤플이 없다면 골프 치는 재미가 반감되어 사람들로부터 사랑받지 못했을 것이다. 그런데 골프 볼의 딤플이 비가 오면 제 구실을 못한다는 것을 골퍼들은 잘 모르고 있는 것 같다.

　　비 예보가 있던 7월 초, 나는 친구들과 골프약속이 있어서 용인에 있는 한 골프장에 갔다. 올 장마철은 유난히 비가 많이 와서 전국이 물난리가 났고 국지성 호우로 인해 산사태가 나기도 했다.

우리가 골프를 시작할 때만 해도 비가 내리지 않아 다행이었으나 후반에 들어가자 비가 조금씩 뿌리기 시작했다. 하지만 골프를 중단할 정도는 아니었다. 비가 오면 골퍼들은 이상하게 정신이 산만해지고 마음이 급해져 심리적으로 쫓긴다. 비에 젖은 페어웨이는 골퍼들의 샷을 방해하고 물에 젖은 볼은 평소보다 무거워 잘 날아가지 않는다. 당연히 미스샷이 생기고 비거리는 짧아진다. 골프를 치다가 비를 만나면 평소보다 무조건 한 클럽 크게 잡아야 하는 까닭이다.

또한 비에 젖은 그린은 생각보다 오히려 잘 구른다. 새벽의 이슬하고는 정반대 현상이다. 비가 뿌리는 가운데 그린에서 퍼팅을 하던 나는 문득 그레그 노먼의 말이 떠올랐다. 호주의 골프영웅인 그는 비가 올 때 퍼팅을 하려면 반드시 볼에 묻은 물기를 닦으라고 했다. 볼이 비에 젖으면 보조개인 딤플에 물방울이 채워져 퍼팅을 할 때 임팩트가 제대로 되지 않을 뿐만 아니라 물이 묻은 볼은 굴러가는 것이 아니라 물기에 미끄러지기 때문에 오히려 생각했던 것보다 많이 굴러가 거리조절에 실패할 확률이 높다는 것이다.

그의 말대로 볼을 집어 들어 물기를 닦은 다음 퍼팅을 해 보니 의외로 좋은 결과가 나왔다. 위대한 선수의 충고는 주말골퍼에게 보약과 같았다. 몸으로 터득한 체험이 얼마나 중요한가를 새삼 깨달았다.

골프를 치다가 비를 만나면 모든 게 귀찮아져 그냥 대충 치고 나서 후회하는데 일단 마크를 하고 볼의 물기를 수건이나 손으로라도 닦아서 쳐야 3퍼트를 면하고 짧은 퍼트를 성공시킬 수 있다. 비오는 날에 잊지 말아야 할 골프 팁이다.

아마추어 라인과 프로 라인

모처럼 골프가 잘 되는 날이면 나를 괴롭히는 것은 다름 아닌 3퍼트였다. 평소 한 라운드에 서너 개는 보통이고 많을 때는 10개씩이나 됐다.

3퍼트는 주로 10m가 넘는 거리를 남겨 놓고 있을 때였다. 그 정도 거리의 퍼팅은 나에게 늘 노이로제가 됐다. 프로는 보기를 하지 말아야 하고 아마추어골퍼는 3퍼트를 조심해야 한다는 말이 있다. 나중에 안 사실이지만 3퍼트를 할 때마다 특이했던 점은 볼이 주로 홀의 왼쪽으로 굴러간다는 사실이다. 그러면 다음 퍼팅도 만만치 않았다.

하루는 고수와 같이 골프를 치는 데 내가 퍼팅 때문에 고생을 하는 것을 보고 그는 3퍼트 방지법을 가르쳐주었다.

"당신이 앞으로 골프고수가 되려면 우선 퍼팅한 볼을 홀의 오른쪽으로 보낼 수 있어야 합니다. 그래야 설령 들어가지 않더라도 다음 퍼트가 쉽습니다."고 하면서 "홀을 지나가지 않는 볼은 들어가지 않는다는 골프속담이 있듯이 볼이 홀의 왼쪽으로 굴러가면 들어갈 확률이 떨어질 뿐만 아니라 다음 퍼팅도 쉽지 않습니다. 그런데 홀컵 오른쪽으로 퍼팅을 한다는 게 말처럼 쉽지 않으니 퍼터를 목표에 직각으로 놓고 홀컵의 오른쪽을 보고 친다는 기분으로 퍼팅을 하세요." 라고 했다. 물론 홀컵의 왼쪽에서 오른쪽으로 경사가 져 있는 경우는 예외라며 그는 토를 달았다.

사실 프로들도 긴장을 하면 왼쪽으로 퍼팅을 놓치는 경우가 흔하다. 근본적인 이유는 퍼터마다 면이 약 4-5도 각을 갖고 있어 볼을 치는 순간 퍼터 면이 스퀘어로 버티지 못하고 왼쪽으로 돌기 때문이다.

아마추어의 볼은 주로 홀컵의 왼쪽으로 간다고 해서 아마추어 라인이라 하고 프로는 오른쪽으로 보낸다고 해서 프로 라인이라고 부른다. 나는 난생 처음 그에게서 퍼팅방법을 터득하고 나서 3퍼트가 많이 줄었다. 아마추어 라인과 프로 라인을 구분할 줄 아는 것만 해도 골프에 큰 도움이 될 것이다.

먼저 치는 사람이 이긴다

싸움을 할 때 상대를 먼저 제압하는 쪽이 이긴다고 한다. 복싱 경기를 봐도 먼저 공격하는 사람이 점수를 따고 이길 확률이 높다. 그러나 싸움에서 선제공격을 한다는 것은 태생적으로 성격이 독하거나 공격적인 성향이어야 가능하다고 한다. 골프 심리학자들은 골프에서도 가끔 선제공격이 효과를 본다고 말한다. 티샷은 정해진 순서에 따라서 하게 되어 있지만 세컨드샷부터는 임의로 먼저 칠 수가 있기 때문에 상대보다 먼저 볼을 그린에 올리면 다음 사람은 심리적인 영향을 받는다.

"저 선수 최경주 아녜요? 지금 뭐하고 있는 거예요."

월요일 새벽에 일어나 PGA투어 플레이어스 챔피언십 마지막 라운드의 중계방송을 보고 있는데 평소 골프중계에 별로 관심이 없던 아내가 TV화면에 최경주의 모습이 보이자 아는 체를 한다.

플레이어스대회 마지막 날 18번 홀에서 데이비드 톰스가 기적 같은 버디를 함으로서 한 타차 선두였던 최경주와 동타가 돼 두 사람은 연장전에 들어갔다. 대회본부는 연장전을 치루기 위해 두 사람을 카트에 태우고 17번 홀로 갔다. 경기위원이 추첨용지를 모자에 넣고 최경주에게 먼저 뽑으라고 하는 화면이 뜨자 아내가 이를 본 것이다. 제비를 뽑은 결과 최경주가 먼저 티샷을 하게 되자 나는 순간 최경주의 우승을 직감했다. 심리적인 압박감으로 인해 긴장이 고조될 때 먼저 치는 사람이 승리할 가능성이 높기 때문이다. 더구나 17번 홀은 호수 한가운데 만들어진 아일랜드형 파3홀로 최경주가 한 타 뒤져 오다가 버디를 해서 데이비드와 동타를 이루었던 행운의 홀이었다. 심리적인 부담을 털어내기라도 한듯 최경주의 티샷은 그린에 사뿐히 올라 핀에서 약 12m 거리를 남겨두었고 데이비드는 최경주보다 핀에서 약 6m 가까운 거리에 안착시킴으로서 두 사람 모두 긴장감속에서 훌륭한 샷을 했다. 거리가 먼 최경주가 먼저 퍼팅한 볼이 홀컵을 지나 1m 거리의 오르막 퍼트를 남겨 놓았다. 이를 지켜본 데이비드는 버디를 해야 승산이 있다고 생각을 했는지 내리막경사에서 과감한 퍼팅을 시도하자 볼은 홀을 지나쳤다. 남은 약 1.5m 퍼트는 그날 그의 퍼팅감각으로는 눈을 감고 쳐도 들어갈 수 있는 거리였으나 너무 쉽게 생각을 했는지 그의 퍼트는 홀을 비껴 가고 말았다. 그의 뼈아픈 실수는 최경주로 하여금 제5의 메이저라는 플레이어스 챔피언십의 우승트로피와 함께 상금 18억 원을 거머쥘 수 있게 만들었다. 골프는 먼저 치는 사람이 유리하다는 것을 보여준 장면이었다.

퐁당을 두려워 마세요

요즘 같이 추운 계절이면 프로골퍼들은 한국을 벗어나 따뜻한 나라에 가서 다음 시즌을 대비한 전지훈련을 한다. 여자골프의 지존이라 일컫는 신지애 또한 호주에서 LPGA투어를 대비하여 비지땀을 쏟고 있다는 소식이다. 그는 얼마 전 신문에 기고한 글에서 아마추어골퍼들이 물 앞에서 샷을 할 때 "퐁당"을 두려워하지 말라고 썼다.

골프코스에는 여기저기 장애물이 많다. 코스 디자이너들은 골퍼들에게 고통을 주고 괴롭히는 맛에 온갖 장애물을 코스에 만드는 것 같다. 장애물 중에는 빠지지 않고 등장하는 단골메뉴가 있다. 물이다. 물은 세계 어느 골프코스에 가 보아도 없는 곳이 없다.

인공적으로 연못을 만들어 놓거나 아예 호수와 바다를 끼고 있다. 하다 못해 산악코스에도 연못은 만들어져 있다. 골프와 물은 불가분의 인연이 있는 것 같다. 태초의 골프코스가 해변가에 생겼기 때문일까?

　신지애가 풍당을 두려워하지 말라고 쓴 것은 골퍼들이 물 앞에서 자신감을 잃지 말라는 얘기다. 본인이 물 앞에서 샷을 할 때면 자신감을 갖고 거침없이 샷을 날린다고 한다. 하지만 그건 골프의 달인인 그의 경우일 뿐이다.

　아마추어골퍼들은 필드에서 물을 만나면 이상하게 긴장하여 몸이 경직된다. 샷을 하는 순간 스윙이 빨라지면서 탑 볼을 쳐 볼을 물에 빠뜨린다. 특히 파3홀일수록 그런 현상이 두드러진다. 세계적인 프로선수들도 그러한 경우가 있음을 중계방송을 통해서 종종 본다.

　나도 초보시절에 물 앞에만 서면 긴장해서 여지없이 볼을 빠뜨렸다. 아마 지금도 임자를 잘못 만난 수많은 볼들이 코스주변의 물속에 빠져 넋조차 위로받지 못하고 있으리라.

　미국에 있는 골프장 물속에 빠진 볼들은 이를 건져서 생계를 유지하는 잠수부 때문에 환생의 기회라도 있지만 한국골프장 연못에 빠진 수많은 볼들은 아직 생사조차 알 수 없으니 볼들은 임자를 잘 만나야 할 것 같다.

　골프에서 두려움은 골퍼들이 가장 경계해야 할 요인이다. 물 앞에서 두려움 없이 자신감 있는 샷을 하려면 평상시보다 한두 클럽을 길게 잡고 물에 집어넣겠다는 생각으로 볼을 치는 것이다. 절대로 물에 들어가지 않는다. 골퍼들이 물 앞에서 풍당을 면하는 방법이다.

아이언은 턱 밑에, 드라이버는 코 밑에

프로선수들이 골프 치는 걸 보면 참으로 간단하고 쉬워 보인다. 그러나 알고 보면 골프스윙처럼 까다롭고 복잡한 것도 없다. 우선 어드레스 과정을 살펴보면 그 절차가 간단치 않다.

스탠스는 양발 안쪽이 본인의 어깨넓이 정도가 되어야 하고 엉덩이를 뒤로 빼서 척추를 20도 가량 굽힌다. 무릎은 약간 누르듯이 굽혀 몸의 중심을 발 앞쪽에 둔다. 턱은 들고 어깨는 오른쪽이 왼쪽보다 5도 정도 기울인다. 왼손그립은 오른쪽으로 돌려 관절 2~3개가 눈에 보여야 하고 오른손 바닥의 생명선을 왼손엄지에 가볍게 갖다 붙여 양손의 엄지와 검지의 V자가 오른쪽 어깨를 향하도록 한다.

골퍼들이 샷을 할 때마다 이렇게 자신의 어드레스를 확인하기란 여간 어려운 일이 아니다. 이제 볼을 칠 준비가 다 된 것이냐 하면 천만의 말씀이다.

볼의 위치는 클럽에 따라 왼발 뒤꿈치부터 오른발 쪽으로 조금씩

이동을 하는데 퍼터와 드라이버는 왼발 뒤꿈치 앞이고 칩샷은 거꾸로 오른쪽 엄지발가락 앞에 둔다. 골프채의 고유번호가 클수록 볼은 왼발에서 오른발 쪽으로 옮겨간다고 보면 틀림이 없다.

두 손 또한 번호가 적은 채일수록 배꼽 앞에 있어야 하고 많을수록 왼발 넓적다리 안쪽에 있어야 한다. 이러한 어드레스 절차는 골프게임에서 반드시 지켜져야 할 기본적인 사항인 것이다.

그러나 막상 샷을 하려면 그런 순서 말고도 또 다른 절차가 기다리고 있다. 멋진 샷을 만들어 내려면 볼에서 얼마나 떨어져서 쳐야 하느냐가 남은 숙제다.

옛날에 골프를 배울 때는 아이언을 잡은 두 손이 몸에서 주먹 한 개 정도 떨어져야 하고 드라이버나 우드는 주먹 두 개의 간격을 유지해야 한다고 레슨프로가 한 말이 아직도 기억에 생생하다. 다시 말하면 아이언은 볼에 가깝게, 우드나 드라이버는 샤프트가 길기 때문에 볼에서 멀리서야 한다는 이야기다.

그러나 레슨프로들의 그러한 가르침은 실제 필드에 나가서 샷을 하다 보면 과연 제대로 됐는지 골퍼들은 알 수가 없다. 아이언의 경우 허리가 조금만 굽혀지면 자연히 볼에서 멀리 서게 되고 우드나 드라이버는 오히려 상체가 일어섬으로서 볼에 가까워진다. 아이언으로 뒷땅을 치거나 우드의 주어진 거리가 나지 않고 슬라이스 나는 까닭이다. 이러한 결과는 골퍼들이 편안한 자세를 고집하기 때문이다.

골퍼들이 가장 경계해야 할 자세는 편안함이다. 세상만사가 편하면 잘 되는 게 없다. 골프의 자세는 불편하게 느껴져야 볼이 맞는다.

따라서 골퍼들이 필드에서 좋은 샷을 하기 위해서는 볼과의 간격을 제대로 서야 한다. 이를 쉽게 확인할 수 있는 방법이 있다. 아이언을 칠 때는 두 손을 턱 밑에 둔다. 아이언은 각이 있어서 업라이트 스윙을 해야 하기 때문에 두 손이 턱 밑에 온다는 느낌에서 볼을 쳐야만 뜬다. 드라이버나 우드는 두 손이 자신의 코 밑에 온다는 느낌으로 멀리 선다. 샤프트가 길고 아이언보다 클럽헤드의 각이 적기 때문에 좀 멀리서야 클럽에 주어진 원심력을 만들어 볼을 멀리 그리고 똑바로 칠 수 있다. PGA선수들의 드라이브샷을 보면 알 수 있듯이 그들은 볼에 가까이 서지 않는다.

지금은 은퇴를 한 로레나 오초아 같은 선수는 볼에서 멀리 섬으로서 장타를 날린다.

아이언은 턱 밑에, 드라이버는 코 밑이라는 생각으로 어드레스 자세를 취하면 처음에는 좀 어색하고 불편하게 느끼겠지만 좋은 샷을 만들어 낼 수 있다. 골프는 좀 불편하다는 느낌이 들어야 잘 맞는다.

50야드의 피치샷 요령

주말골퍼들이 필드에 나가서 가장 힘든 것이 짧은 거리의 어프로치샷이다.

특히 핀까지 50야드 전후의 거리를 남겨 놓았을 때 아마추어는 물론이고 프로들도 긴장한다. 프로들은 버디를 하거나 아니면 반드시 파 세이브를 해야 하기 때문이다. 반면 필드에서 그린에 올릴 확률이 20% 밖에 안 되는 아마추어골퍼들의 경우 짧은 거리의 어프로치는 엄청난 긴장감을 불러와 볼을 핀에 붙이려다 미스샷을 하면 금새 더블보기나 트리플로 이어진다.

이렇듯 50야드 내외의 샷이 어려운 건 골퍼들이 요령을 잘 모르거나 대충대충 치기 때문이다. 골프는 각(角)의 게임이다. 50야드 피치샷의 요령을 적어본다. 클럽 선택은 다양하지만 아마추어는 피칭웨지가 가장 무난하다.

1. 그립: 왼손의 관절이 1개 정도 보일 만큼 위크 그립을 잡는다. 가볍게 잡을 수 있기 때문이다. 가볍게 잡아야 클럽헤드를 활용하기가 수월하다. 샤프트는 가능한 짧게 잡는다. 하지만 아마추어는 샤프트를 짧게 잡으면 스윙이 빨라져 뒷땅이나 탑 볼을 치기 쉽기 때문에 정상으로 잡는다.

2. 스텐스: 레슨프로들은 오픈스텐스를 권하지만 아마추어는 오히려 실수할 확률이 높기 때문에 목표와 스퀘어로 서야 치기가 편하다. 왼발에 60%의 힘을 준다.

3. 볼의 위치: 볼을 띄우려면 왼발 뒤꿈치 쪽에, 굴리려면 오른발 앞에 놓는다.

4. 두 손: 볼을 굴리려면 두 손은 볼 앞(핸드 퍼스트)에 있어야 하고 띄우려면 볼과 직선상에 있어야 한다.

5. 클럽페이스: 목표에 직각이지만 두 손이 볼보다 앞에 나가면 약간 열린 것처럼 보인다. 아마추어들이 어드레스 때 가장 힘들어하는 부분이다. 그렇게 하면 볼이 오른쪽으로 날아갈 것 같아 채를 닫는 경향이 있다. 절대로 오른쪽으로 날아가지 않는다. 오히려 클럽페이스를 닫으면 볼이 왼쪽으로 날아가 미스샷이 된다.

6. 백스윙과 콕킹: 두 손이 먼저 가는 느낌으로 클럽헤드를 천천히 리드하면서 미리 코킹을 한다.

7. 다운스윙: 오른손이 자신의 왼쪽 발등을 때린다는 느낌으로 가볍게 샷을 한다. 그래야 볼은 스퀘어에서 맞아 목표를 향해 직선으로 날아간다. 가볍게 잡고 클럽헤드로만 쳐야 한다. 오른손으로

왼발을 친다는 느낌이 어프로치에서 아주 중요한 포인트이다. 많은 연습을 통해 몸에 익혀두면 좋은 결과를 얻을 수 있어 골프가 즐겁고 재미있을 것이다.

엉덩이를 내밀어야

골프는 무엇보다 자세가 중요하다. 무슨 운동이든 기본자세가 중요하듯 골프는 특히 자세가 좋아야 볼을 제대로 칠 수가 있다. 자세가 제대로 되면 눈을 감고 쳐도 볼은 맞는다.

내가 강의시간에 학생들에게 골프자세에 대하여 강조를 하면

"그럼 어떻게 해야 올바른 자세를 취할 수 있나요?"

하고 학생들이 묻는다.

"골프의 올바른 자세란 우선 엉덩이를 뒤로 내밀면 등이 펴지면서 20도 가량 굽혀집니다. 자! 아까 질문한 학생 한 번 나와서 해 보세요. 그렇죠. 그런 자세가 되어야 볼을 제대로 칠 수가 있습니다. 특히 드라이버를 잘 치려면 엉덩이를 내밀어서 샤프트와 허리의 각이 90도를 이루어야 합니다."

나는 골프를 가르치면서 늘 배우는 사람들에게 강조하는 것이 기본자세다. 물론 그 외에도 샷에 필요한 많은 동작들이 있지만 그러한

것은 기본자세를 취하고 난 뒤에 이루어지기 때문에 제일 먼저 자세를 강조하는 것이다.

미국의 티칭 프로들이 가장 강조하는 부분도 자세다. 사람들은 자세와 어드레스를 혼동한다. 자세(Posture)란 골프의 기본 틀을 말하며 샷을 하기 위해 볼 앞에서 취하는 것을 어드레스(Address)라고 한다.

골프를 배우려면 우선 기본자세부터 제대로 익혀야 한다. 자세를 가르치다 보면 사람들이 엉덩이를 뒤로 내미는 데 인색하다는 것을 알게 된다. 인색하다기보다는 어색해하고 수줍어해서 잘 따라 하지 않는다. 엉덩이를 뒤로 내밀고 상체를 숙이라고 하면 어떤 이는 뻣뻣이 서서 무릎을 굽힌다. 그 다음에는 머리만 숙인다. 골프의 기본자세를 위해 엉덩이를 뒤로 내민다는 게 생각보다 쉽지 않다는 것을 보여주는 현상이 아닐 수 없다. 여자가 특히 그렇지만 남녀 공통점이다. 아이언의 경우 샤프트가 짧고 클럽의 로프트 각이 많아 키가 별로 크지 않은 사람들은 굳이 엉덩이를 내밀어 상체를 굽히지 않아도 되지만 로프트 각이 적은 드라이버나 우드는 반드시 엉덩이를 뒤로 내밀어 척추와 샤프트의 각이 90도에 가까워야 볼을 제대로 칠 수가 있다. 드라이버가 잘 안 맞는 사람은 우선 자세가 제대로 됐는지 거울에 비쳐 볼 필요가 있다. 엉덩이를 뒤로 빼는 것은 골프자세의 기본 중에 기본이다.

어프로치는 1m, 퍼팅은 30cm

"일단 볼은 홀을 지나가야 합니다!"

요즘 골프방송중계를 시청하다 보면 자주 듣게 되는 해설위원의 말이다. 어프로치나 퍼팅을 성공하려면 볼은 반드시 홀을 지나가야 한다는 말이다. 정답이다. 홀을 지나가지 않은 볼은 절대로 홀로 들어가지 않는다는 네버 업 네버인(Naver up, naver in)이란 말이 골퍼들에게 익숙해진 이유이다.

사실 말이 그렇지 아마추어주말골퍼가 골프장에 가서 홀을 지나가도록 퍼팅을 한다는 건 쉬운 일은 아니다. 일단 홀에 가까이 보내려는 것이 골퍼들의 기본심리다. 그렇다고 마냥 홀을 지나가도록 친다고 해서 볼이 홀에 들어가는 것은 더더구나 아니다.

미국의 저명한 퍼팅교습가인 데이브 펠츠는 볼이 홀을 43cm 지나가도록 퍼팅을 하라고 가르치지만 실제 그대로 하는 선수는 많지 않다고 한다. 생각은 굴뚝같은데 몸이 말을 듣지 않기 때문이다.

그는 한때 미항공우주국에서 일했던 전도유망한 물리학자였다. 그는 잭 니클라우스와 같은 학교를 다니며 프로골퍼를 지망했는데 실력으로 그를 도저히 따라갈 수가 없다는 것을 깨닫고 물리학으로 전공을 바꾸었다고 한다. 미항공우주국에서 근무를 하면서도 골프에 대한 향수를 잊지 못해 결국 직장을 나와 퍼팅에 대한 연구를 거듭하여 퍼팅바이블이란 책을 내고 최고의 퍼팅교습가가 되었다.

데이브 러브 3세는 21살의 나이에 PGA투어에 입문했는데 한 번도 우승을 하지 못하자 답답한 나머지 텍사스로 하비 페닉을 찾았다. 아버지의 골프스승이자 당시 미국 티칭프로의 살아 있는 전설로 통하던 그에게서 퍼팅을 배우기 위해서였다. 러브 3세의 퍼팅을 지켜보던 하비 페닉은 "자네의 볼은 왜 늘 홀을 지나가느냐"고 물었다. 홀을 지나가지 않으면 안 들어가는 것 아니냐고 말하면서 네버업 네버 인을 들먹거렸더니 그가 말하기를 항상 홀을 지나가는 퍼팅은 절대로 들어가지 않는〈Always up, never in〉다는 명언을 남겼다. 새삼 그의 말을 듣고 깨달은 바 있어 하비 페닉으로부터 퍼팅방법을 전수받은 러브 3세는 PGA투어에서 첫 우승을 했다고 한다. 며칠 전 골프 책을 읽다가 찰스 메일리라는 골퍼가 쓴 글을 보았다.

"홀컵은 항상 생각보다 멀다. 어프로치를 할 때는 홀컵이 항상 1m, 퍼팅할 때는 홀이 항상 30cm 멀리 있다는 것을 잊지 말라."

그런 생각으로 어프로치와 퍼팅을 하면 성공확률이 높다는 것이다. 실제 해 보니 마음의 여유가 생겨 효과가 있었다. 주말골퍼들이 꼭 기억해 두어야 할 요령이 아닐까 생각한다.

오른손으로 왼쪽 무릎을 쳐라

"**백스윙이 잘 되면** 다운스윙과 임팩트는 자연스럽게 되기 때문에 볼을 정확하게 맞출 수 있습니다."

북아일랜드 출신의 영건이며 PGA투어에서 돌풍을 일으켜 세계 1, 2위를 다투고 있는 로이 맥킬로이가 한국오픈에 특별 초청돼 기자회견석상에서 기자들의 질문에 답한 말이다. 시작이 좋으면 마무리도 좋다는 극히 상식적인 말처럼 들리지만 매우 이치에 닿는 이야기였다. 샷에 대한 레슨프로들의 설명을 들으면 가지각색인 것을 알 수 있다. 2012년 메이저인 마스터즈에서 우승한 미국의 버바 왓슨은 레슨을 받지 않았다고 해서 화제가 되고 있다. 그래서 골프에는 왕도가 없다고 하는지도 모른다. 골프는 이론을 앞세우면 배우기가 어렵다. 몸으로 느껴야 한다.

골프가 생긴 이래 400년이 되도록 골프의 성지인 스코틀랜드에는 골프교습서가 없었다고 한다. 그들은 관습처럼 몸에 익히는 스윙을 했으므로 교습의 필요성을 느끼지 못했기 때문이다. '그렇다면 맥길로이의 말처럼 스윙을 제대로 잘 하려면 어떻게 해야 하나?'

나의 경우 어드레스를 하고 나서 클럽헤드를 먼저 출발시키는 기분으로 백스윙을 시작하면서 왼팔은 자신의 왼쪽 가슴에 닿는 느낌으로 올린다. 그렇게 하면 왼팔이 너무 몸 안쪽으로 붙거나 몸에서 멀리 떨어지는 우를 범하지 않는다. 미국에서 골프연수를 받을 때 PGA 마스터프로에게서 터득한 기법이다.

그렇게 하면 왼팔은 허리쯤에서 타깃방향과 직선상에 있게 되며 오른쪽 발바닥에 힘을 받으면서 자연히 멋진 스윙톱이 이루어진다. 이때 조심해야 할 것은 백스윙을 하면서 두 손을 오른쪽 무릎까지 손등을 틀거나 움직이지 말아야 한다. 스윙톱에서 다운스윙을 할 때는 단순히 오른손으로 자신의 왼쪽 무릎을 친다는 느낌(기분)으로 샷을 하면 자연스럽게 몸통회전이 되면서 무릎 앞에서 정확한 임팩트 후 릴리스가 이루어져 피니시 동작이 자연스럽다. 물론 간단치 않다.

피니시 동작은 골프스윙에서 빼놓을 수 없는 기본 동작인데도 불구하고 우리나라 사람들은 피니시를 잘 못한다. 피니시를 제대로 못하는 가장 근본적인 이유는 체중이동이라는 말 때문이다. 골프스윙은 체중이동이 아니라 몸통회전이다. 바디 턴은 몸통회전을 말한다.

오른손으로 왼쪽 무릎을 치라는 말은 초보자들이 터득하기에는 시간이 걸릴 수 있지만 중급 이상의 골퍼들에게는 쉽게 가슴에 와닿을 수 있어 효과가 빠를 수 있다. 골프는 말보다 느낌으로 볼을 치는 요령을 터득해야 한다.

보석 같은 레슨

한해를 마감하면서 골퍼들이 필드에 나가서 필요한 금과옥
조 같은 사항들을 여기에 옮겨본다.

1. 그린 에지에서는 5번 우드로 칩샷을 한다. 그린 에지와 홀 사이의
   거리가 많이 남아 있는 경우 5번 우드로 퍼팅하듯 치핑한다. 숏아
   이언은 풀의 저항 때문에 원하는 거리의 절반도 보내지 못한다.

2. 상상의 작은 원을 그려본다. 벙커샷을 할 때 가장 흔한 실수는 과
   도한 손목 사용으로 너무 빨리 모래를 쳐서 뒷땅이나 탑핑이 된
   다. 볼 주위에 몇 인치 정도의 원을 머릿속으로 상상한 후 클럽페
   이스를 열고 원 안에 있는 모래를 전부 퍼올린다는 생각으로 샷을
   한다.

3. 굴리는 칩샷을 시도한다. 볼과 홀컵 사이에 둔덕이 있는 그린 근
   처에서는 로프트가 큰 클럽은 좋은 결과를 얻기 힘들다. 미들 아

이언으로 볼을 낮게 굴리는 샷이 확률적으로 높다. 단 양손이 볼 앞에 있어야 한다.

4. 러프에서는 우드를 잡는다. 러프에서 우드가 롱 아이언보다 바람직한 이유는 잔디의 저항을 적게 받고 잘 미끄러져 나가기 때문이다.

5. 퍼터의 그립을 가볍게 잡는다. 홀컵을 향해 똑바로 치려면 먼저 양손에 똑같은 힘을 주어야 한다. 만약 양손의 균형이 틀어지면 퍼터헤드가 궤도를 이탈하게 된다.

6. 칩샷 때 그립을 약간 내려잡는다. 짧은 피칭이나 칩샷에서 좋은 느낌으로 샷을 하기 위해서는 평소보다 그립을 조금만 내려잡는 것이 효과적이다. 정확한 임팩트를 만들 수 있어 거리 컨트롤이 가능하다. 그립을 길게 잡으면 백스윙이 지나치게 커져서 볼을 칠 때 속도가 줄어들어 뒷땅을 치거나 탑핑 확률이 높다.

위의 내용들은 골프를 치면서 꼭 필요한 것들이다. 유명한 PGA투어선수들의 경험에 의한 충고이므로 꼭 기억했다가 필드에 나가서 활용하면 반드시 보상을 받을 것이다.

골프장에도 신기루가

"이교수! 난 말야 골프를 치다 보면 학교 다닐 때 선생님에게서 들었던 신기루 생각이 난단 말야. 그린의 깃발이 멀리 보이는 듯하다가 이내 사라지는가 하면 그린이 바로 코 앞인데도 거리가 멀어 보이는 것 같아 클럽선택에 혼선이 온다니까. 그게 신기루 아닌가? 자네는 안 그런가?"

얼마 전 친구들과 라운드를 하다가 백나인에 들어서자 말없이 걸어가던 김교수가 뜬금없이 신기루에 대한 이야기를 꺼낸다. 아닌 밤중에 홍두깨라고 골프장에 웬 신기루? 그의 말을 듣고 보니 아닌 게 아니라 나도 그와 비슷한 일이 있었던 기억이 난다. 신기루 하면 사막을 연상하게 된다. 덥수룩한 수염에 터번을 쓴 대상들이 끝없는 사막을 오가며 땡볕에 물과 먹을 것이 떨어지면 오아시스를 찾는다고 한다. 물과 시원한 나무그늘이 있는 오아시스는 사막을 왕래하는 사람들에게는 없어서 안 될 휴식터다. 가끔 멀리서 오아시스를 발견하고 달려가 보면 아무것도 없어 대상들을 당황하게 만들곤 한다. 갈증과 배고픔에 지친 나머지 눈에 헛것이 보이는 착시현상이다.

기력이 떨어지고 피곤해지면 그 증상이 몸에 제일 먼저 나타나는 곳이 눈이라고 의사들은 말한다. 눈은 주변상황을 파악하여 대뇌에 전달함으로서 종합적인 판단을 내리도록 하는 역할을 하는데 눈이 피곤해지면서 생기는 착시현상이 신기루라는 것이다.

골퍼들이 첫 홀에서 푸른 초원을 향해 티샷을 날릴 때만 해도 몸과 마음이 홀가분하여 여유가 있다. 하지만 따가운 직사광선 아래서 20리길에 해당되는 18개의 홀을 돌면서 샷의 완성도를 높이려면 고도의 집중력을 요한다. 그런데 허기가 들면 눈이 피곤해진다. 고속도로를 달리며 운전에 집중하다 보면 시장기를 느끼는 이치와 같다고나 할까?

골프 황제 잭 니클라우스는 말하기를 아마추어의 집중력의 한계는 6홀이고 프로는 13홀이라고 했다. 골퍼들은 라운드 중에 허기를 느껴도 별로 신경을 쓰지 않고 그냥 넘기는 게 문제다. 보슬비에 옷 젖는다는 말이 있다.

골프는 후반으로 갈수록 자신도 모르게 누적된 피로와 허기가 겹쳐 몸의 균형이 깨지면서 눈에 이상이 온다. 갑자기 홀컵의 구멍이 작아 보이는가 하면 볼과 그린과의 거리가 멀게 느껴진다. 이상하게 볼이 안 맞는다는 말이 나오는 건 이때부터다.

라운드를 하다가 골퍼들의 신체에 변화가 나타나기 시작하는 홀은 대체적으로 9번 홀이거나 14번 홀부터라고 한다. 그곳에 그늘집이 있는 까닭이기도 하다. PGA투어에서 선수들이 바나나 같은 간식을 먹는 것도 14번 홀이다.

그늘집은 주말골퍼들의 생리문제를 해결해줄 뿐만 아니라 시장기를 해결해주는 사막의 오아시스인 셈이다.

건강을 지키고 모처럼 기록한 좋은 스코어를 유지하려면 바나나 같은 먹거리를 골프백에 넣어 두었다가 14번이나 15번 홀에서 요기함으로서 체력적으로 신기루 현상을 극복할 수 있다.

미소는 골프를 여는 열쇠

직장에 다닐 때 나는 외국에서 오는 손님들에게 저녁을 접대할 기회가 많았다. 저녁 식사를 하다가 잠시 말을 놓고 있으면 그들은 나에게 "화 났느냐?"고 물었다. 이상해서 왜 그러냐고 하면 잠자코 있는 내 얼굴이 꼭 화가 난 사람처럼 보인다고 했다. 충격이었다. 그런 이야기를 전연 듣지 못했기 때문이다. 미소가 대인관계에 얼마나 중요한 몫을 차지하는지 깨닫게 되었다. 아마 내가 보다 일찍이 얼굴에 미소를 달고 살았더라면 내 인생은 달라졌을 것이다. 뒤늦게 웃음이 부족한 얼굴에 미소를 덧입히는 노력을 기울인 계기가 됐다. 때마침 섭렵하게 된 미소에 관한 책이 표정관리에 많은 도움을 주었고 의도적인 미소조차 일상에서 생기는 다양한 긴장감을 해소시키는 데 일조를 한다는 사실도 알게 되었다. 필드에 나가서 골프를 치다보면 연속되는 긴장과 불안감은 골퍼들을 심리적으로 옥죈다. 라운드를 하면서 억지로라도 미소를 지어 보면 마음이 편해지고 긴장이 이완되면서 샷이 잘 맞았다. 골프를 즐길 수 있는 유일한 방법이 미소일 수도 있다는 생각마저 들었다. 요즘 남녀프로골프대회를 보면 미소를 머금고 시합에서 우승하는 선수들이 꽤 있다. 미국여자골프계를 평정했던 신지애를 비롯하여 한국여자프로골프계의 상금왕인 이보미, 그리고 작년 일본 남자프로골프협회의 상금왕을 차지했던 김경태 등이 그러한 선수들이다.

며칠 전에 끝난 US여자오픈에서 연장전 끝에 우승을 한 유소연 역시 미소군단임에 틀림이 없을 것이다. 카네기는 미소 없이 부자된 사람 없고/ 미소 가지고 가난한 사람 없다. /미소는 가정에 행복을 더하고 /피곤한 사람에게 휴식이 된다고 그의 미소예찬에서 말했다.

미소는 행복의 바이러스를 전파해 준다고 한다. 골프에서 미소는 그 어떤 기술보다 중요한 몫을 차지한다는 것을 알게 되었다. 골프실력을 키우려면 골퍼들은 우선 골프장에서 미소짓는 것부터 연습해야 할 것이다.

제3장
골프룰과 매너이야기

2벌 타면 됐지 뭐

지난 일요일이었다. 사위가 해외를 다녀왔다고 인사차 방문을 했다. 밖에 나가 점심을 먹고 들어오니 마침 케이블방송에서 골프중계를 하고 있었다. KLPGA투어인 한화금융클래식이었다. 여자프로대회인데도 총상금이 무려 10억이고 우승상금만 2억이라는 해설위원의 말이 흘러나오고 있었다. 유소연의 모습이 화면에 비쳤다. 그를 금새 알아본 것은 지난 US오픈에서 역전우승을 하면서 유명세를 치렀기 때문이다. 마침 그는 물 근처에 서서 볼 주위에 있는 검불 같은 것을 손으로 치우고 있었다.

"어, 저건 규칙 위반인데."

사위가 아는 체를 한다.

"그러게 말이네."

내가 동의를 하는 순간 방송캐스터와 해설위원의 동조멘트가 뒤를 이으며 카메라는 계속해서 그 장면을 비춰주고 있었다. 해저드에 있는 것을 건드리면 골프규칙 23-1항에 따라 2벌 타를 받는다는 안내 글이 TV화면에 떴다. 하지만 정작 유소연은 그러한 골프 룰을 모르는지 태연했다. 문제는 그의 다음 동작이었다. 클럽을 꺼내들더니 그는 볼 뒤의 풀을 누르고 나서 샷을 하는 것이 화면에 잡혔다.

"어, 저것도 위반인데. 워터해저드에서 그냥 볼을 쳐야지 골프채를 풀에 대거나 하면 안 되는 거 아닌가요. 아버님!"

사위는 계속해서 골프 룰에 관한 이야기를 하고 있다. 그는 골프는 잘은 못 치지만 골프 룰은 제대로 알고 있는 것 같았다. 해설위원도 프로선수로서 유소연의 행동을 이해하지 못하겠다는 듯 경기위원회가 나중에 결과를 발표할 것이라고 여운을 남겼다. 한화금융클래식 대회 마지막 날 12번 파3홀에서 있었던 해프닝이었다. 유소연은 그 홀에서 보기를 한 것으로 이동 스코어보드에 적혔다가 트리플 보기로 정정이 됐다. 해저드 근처에서 손으로 치운 것에 대한 2벌 타만 받은 것 같았다. 하지만 샷을 하기 직전 클럽으로 풀을 누른 것에 대한 경기위원회의 소견은 없었다. 나는 사위에게 말했다.

"자네 나하고 내기하지 않겠나? 경기위원회가 유소연이 클럽으로 풀을 누른 부분에 대해서 추가 2벌 타를 먹일 것인지 아닐지에 대해서 말야. 내가 보기에 그는 볼을 치려고 하다가 분명히 풀을 눌렀거든!"

"저도 같은 생각입니다. 룰을 위반했으면 추가 2벌 타를 부과하는 것이 당연하지요."

사위의 말은 단호했다.

"내 생각은 다르네. 일단 선두그룹으로 달리던 우리의 선수에게 2 벌 타를 먹였으니까 인정상 추가 벌타는 없을걸. 미국 같았으면 어림도 없지. 여긴 한국 아닌가? 두고 보세나. 내 말이 틀리면 손에 장을 지지지."

이튿날 아침 신문을 보니 KLPGA 경기위원회 위원장의 발표가 났다.

"현장 확인결과 유소연의 공이 있던 곳은 풀이 길어 (채를) 지면에 댄 것으로 보기 어렵고 라이 개선에도 해당되지 않는다."고 했다.

내가 예상한 대로 됐으니 기분이 좋아야 할 텐데 왠지 마음이 허전했다.

프로골프대회 마지막 날 한 타의 점수 차이는 다른 선수들의 상금에 영향을 준다. 골프가 신사게임으로 수백 년 동안 많은 사람들로부터 사랑을 받아온 것은 정직한 운동이기 때문이다. 선수와 경기위원회는 정직하고 보다 엄격한 자세로 경기에 임해야 할 것이다.

흰색바지에는 흰색벨트가 제격

TV를 통해 PGA투어를 시청하다 보면 골프분위기에 흠뻑 취할 수 있어서 즐겁기만 하다.

1. 갤러리들의 관전모습

유명선수들의 경기하는 모습을 보기 위해 비싼 입장료를 내고 골프장에 들어온 갤러리들은 대부분 대회본부가 마련해 놓은 관중석에 앉아 구경을 하거나 그린에서 가깝지 않은 거리에 휴대용의자를 펴고 앉아 선수들의 경기하는 모습에 일희일비하며 골프를 즐긴다. 때론 멋진 경기가 펼쳐지면 기립박수로 선수들을 격려한다.

유명선수들의 동선을 따라 함께 움직이는 국내갤러리들과 달리 한 곳에 앉아서 지나가는 모든 선수들의 샷을 구경하는 미국 갤러리들의 관전모습은 충분히 비교가 된다.

휴가를 떠난 외국인들이 호텔에 머무르며 수영장에 마련된 비치파

라솔에서 독서로 일상에 찌든 몸과 마음을 재충전하는데 비해 우리 나라 사람들은 한 곳에 진득하니 머물지 못하고 돌아다녀야 직성이 풀리는 것과 같은 현상이라고나 할까.

2. 모자 벗고 악수하는 선수들의 모습에서 감동을

골프경기를 마치고 나면 선수들은 너나 할 것 없이 모자를 벗고 악수를 나누는 모습에서 밀레의 만종을 보듯 감동을 받는다. 종교 때문인지 몰라도 모자를 벗지 않는 비제이 싱 같은 선수도 있지만 대부분의 선수들은 골프를 끝내면 수고했다며 서로 모자 벗고 악수하는 것이 골프 매너의 불문율인 것 같다. 특히 모자를 벗는 모습은 지위 고하는 물론 나이의 경계가 없음을 알게 해주는 골프의 에티켓이다. 최근 아마추어골퍼들의 인기프로그램인 고교동창골프에서도 모자 벗고 인사하는 장면이 필드의 아름다움으로 오버랩되곤 한다. 모자 벗는 매너는 승패를 가리지 않는다.

3. 골프복장 관전법

요즘 필드에서 골퍼들의 골프복장은 과거 골프의 성지인 스코틀랜드에 비하면 비교가 되지 못 할 정도로 많이 자유분방해졌다고 한다. 넥타이에 양복을 입고 골프를 쳤던 옛날에 비하면 격세지감이 있지만 아직도 영국에서는 골프복장에 대한 기본예의가 지켜지고 있음을 올해의 디 오픈을 통해서 알 수 있었다. 엊그제 막을 내린 디 오픈에서 무명선수나 다름이 없는 남아연방의 루이 우스티 히즌이 첫날부터 선두를 달리며 와이어 투 와이어 우승을 차지해 챔피언이 됐다. 2위와는 무려 7타차였으니까 완벽한 승리였던 셈이다.

그가 대회 마지막 날 입고 나온 흰색바탕에 흰색벨트가 눈에 들어왔다. 흰색계통의 골프바지에는 밝은 색 계통의 벨트가 골프복장의 기본예의라고 한다. 하지만 요즘 PGA투어에서 그것을 제대로 지키는 사람은 많지 않은 것 같다.

골프의 고향인 스코틀랜드에서 초창기부터 골프발전에 크게 기여해온 스튜어트 왕가는 "골프복장은 자신을 위해서가 아니라 상대에 대한 예의"라고 했다.

금년 디 오픈에서 우승한 우스티 히즌은 골프실력뿐만 아니라 골프복장에서도 수많은 현지 갤러리들을 즐겁게 해준 진정한 메이저 챔피언이 아닐 수 없다.

백기를 들고 나타난 사람

미국의 한 골프장에서 4명의 아마추어골퍼가 내기를 하고 있었다. 내기가 무르익을 즈음 그들은 파5홀에 왔다. 오른쪽에서 왼쪽으로 꺾이는 전형적인 도그레그홀이었다. 마치 개다리처럼 구부러진 지형에 만들어진 홀이다 보니 그런 이름이 붙여진 것이다. 그 홀의 특징은 두 가지의 선택 사항이 주어진다. 장타자들은 질러 칠 수가 있어 잘만 치면 이글도 노려 볼 수 있지만 욕심을 부리다 잘 못하면 그에 상응하는 벌을 받게 되어 있고 거리가 짧은 사람은 오히려 또박또박 쳐서 3온 작전으로 가면 버디도 할 수 있는 홀이다. 티박스에서 홀이 꺾이는 곳까지 레이업을 해놓으면 쉽게 파를 할 수 있는데도 줄곧 내기에 열을 받던 동반자들은 각자 안전보다 모험 쪽을 택했다.

미국골프장 주변에는 간혹 멋진 집들이 들어서 있어 한 폭의 그림 같은 느낌을 주며 코스에는 오비가 없는 것이 특징이다. 그러나 코스

주변에 집이 있는 경우 집주위에 흰 오비말뚝이 박혀 있다. 사유재산 및 인명을 보호하기 위한 조치로 골퍼들에게 집이 있는 곳으로 샷을 하지 말라는 경고다.

타순 1번은 왼쪽 대각선 방향으로 질러 친다고 친 것이 빗맞아 집 쪽으로 곧장 날아가 오비가 났고 이를 본 2번 타자는 순간 겁을 먹고 레이업 작전으로 바꾸어 3번 우드로 페어웨이에 안착시켰다. 평소 장타자 소리를 듣던 세 번째 친구는 승산이 있다고 판단을 했는지 질러 친 것이 역시 샷을 하는 순간 힘이 들어가 슬라이스가 나면서 오비가 났다. 마지막 사람도 역시 집 쪽으로 볼을 날려 보내고 말았다.

미국골프장은 우리나라처럼 오비 티가 없어 오비가 나면 티박스에서 다시 샷을 해야 한다. 오비를 낸 3명은 순서에 입각하여 다시 티샷을 했지만 이번에도 모두 집 쪽으로 날아가 또다시 오비가 났고 유리창 깨지는 소리마저 들려 사태는 점점 나빠져 갔다.

하지만 골프 룰은 어쩔 수가 없어 그들이 다시 한 번 티샷을 하려고 하는데 집의 베란다 문이 열리면서 건장한 사내가 밖으로 나오는 것이 보였다. 그들은 찔끔했다. "여보시오. 당신들 도대체 뭐하는 사람들이야! 볼을 치려면 제대로 쳐야지, 남의 집 유리창이나 깨고, 어서 보상해요!" 하고 냅다 소리를 지를 줄 알고 그들은 초죽음이 되어 있는데 이게 웬일인가. 그는 아무 말없이 흰색수건을 흔들고 있었다. 골프 볼에 견디다 못한 집주인이 항복하겠다며 백기를 들고 나온 것이다.

아닌 밤중에 홍두깨라고 깨진 유리창 때문에 화를 내도 시원치 않을 판에 웬 항복! 백기는 전쟁 중인 군인들에게 구세주와 다름이 없다. 전쟁을 하다가 항복을 위해 백기를 들도록 공인된 것은 1907년 네덜란드에서 열린 국제평화회의에서였다고 한다. 언어가 통하지 않는 사람들끼리 전쟁을 하면서 항복여부의 표시가 필요했기 때문이다.

하긴 골프도 알고 보면 일종의 전쟁이다. 골퍼들끼리 내기를 하거나 프로골퍼들이 투어에서 상금을 차지하려고 백주에 벌이는 시합 또한 총만 안 들었을 뿐 전쟁이나 다를 바가 없다.

내기에 현혹되어 욕심을 부리다가 남의 집 유리창까지 깨트리고 어쩔 줄 모르던 사람들은 백기를 들고 나타난 집주인의 재치에 할 말을 잃었다. 그들은 머리 숙여 사과를 한 뒤 깨진 유리창을 보상했다는 이야기가 전해진다.

어느 골프장 직원의 하소연

하루는 우연히 인터넷에서 어느 골프장 직원이 골프장의 고객들에게 쓴 글을 읽었다. 글의 내용을 보니 그가 골프장에 근무하면서 오죽했으면 그런 글을 썼을까 하는 씁쓸한 생각이 들어 여기에 옮겨 본다.

"저는 OOO도 소재 OO골프장에 근무하는 김아무개입니다. 다름이 아니오라 골프장에 근무하면서 느꼈던 고객님들에 대한 소회와 불만을 말하고자 이렇게 키보드를 두드립니다. 이곳에 근무한 지 1년 반 정도밖에 되진 않았지만 골프를 즐기러 오신 손님들의 행동에 화가 나기도 하고 한편으론 우습기도 하여 이 글을 쓰지 않을 수가 없었습니다. 손님들은 코스에서 흡연을 하고 아무 데나 꽁초를 버리는가 하면 휴지통 뚜껑에 꽁초를 마구 문질러 버립니다. 닦아도 잘 안 닦이죠. 그리고는 3류 골프장이니 어떠니 하며 골프장이 더럽다고 욕을 합니다.

클럽하우스 밖에는 골프화를 터는 장소가 있는데도 안 털고 들어와

142

클럽하우스 카펫에다가 탁탁 털어대는 통에 해도해도 너무합니다. 목욕 후 면봉을 휴지통이 아닌 빗통에 버리는가 하면 신던 양말과 입고 있던 속옷도 다 버리고 가죠. 그리고 여자들은 생리대를 변기에 버려 휴지통이 자기의 존재(?)를 무시한다고 난리입니다. 직원에게 다짜고짜 반말을 하지 않나 인사도 잘 안 받고 목욕탕 벽에다 가래침을 뱉습니다. 회원도 아니면서 예약을 안 받아준다고 행패를 부리는 등 일일이 열거하자면 너무 많습니다.

우리나라에서 골프 치는 사람들은 사회지도층 인사나 돈 좀 있다는 사람들로 알고 있습니다. 그런 사람들은 이 사회에 모범이 되는 사람들이 아닙니까? 그런데 사람들이 그만큼 매너가 있다고 생각하십니까? 제가 생각하기엔 전혀 아닙니다. 그들이 서비스를 받는 자세는 꽝입니다. 골프는 매너스포츠입니다. 서비스를 하는 사람의 자세도 중요하지만 서비스를 받는 사람의 자세 또한 필요합니다. 서비스를 하는 사람이 기분이 좋으면 서비스는 더욱 좋아지겠죠?

물론 골퍼들이 다 그렇다는 건 아닙니다. 하지만 묻고 싶습니다. 본인들은 집에서도 그렇게 하는지요. 자질구레한 일들이지만 정말로 사람이 천하게 보이지 않을 수 없습니다.

골프는 남을 배려하는 운동입니다. 다른 사람을 전혀 생각하지 않는 이기주의로 골프를 치면 과연 뭘 배우겠나 싶은 의문도 듭니다. 골프만 친다고 다가 아닙니다. 모든 운동에는 매너가 중요합니다. 골퍼들은 상대방을 생각하는 매너를 가져줬으면 합니다. 이쯤에서 끝냅니다. 좀 건방졌다면 사과드리겠습니다."

미국에서 날아온 매너이야기

LA에 살고 있는 한 여성골퍼가 보내온 글을 여기에 소개하고자 한다. 스크래치 골퍼인 그는 이렇게 편지에 적고 있다.

"저는 필드에 나가면 모르는 사람들과 주로 조인해서 칩니다. 미리 포섬을 구성해서 치는 한국과는 많이 다르지요. 제가 자주 찾는 곳은 LA의 그리피스공원 안에 있는 하딩(18홀), 윌슨(18홀) 골프장입니다. 코리아타운에서 가까워 한국인들이 많이 찾다보니 사람들은 코리언 컨트리클럽이라고 부르기도 합니다. 그러다 보니 9번 홀에 있는 오두막집에서 사발면, 소고기 김밥, 오뎅 등 한식 먹거리를 쉽게 먹을 수 있답니다. 도심에서 가깝다 보니 한국에서 잠시 다니러 온 분들이 자주 눈에 뜨이며 다들 코스가 좋다고 합니다. 옛날에는 PGA투어도 열렸던 곳이라고 합니다. 그린피는 퍼블릭이라 평일에 24달러입니다. 에고! 사설이 길었군요. 미국골프장들은 다 골프장에 가면 프로숍에서 그린피를 내고 영수증과 번호표를 받아 진행요원에게 주면 번호

순대로 4인1조로 한 팀을 만들어 경기를 하도록 합니다. 평일에 사람이 없으면 혼자도 내보낸답니다.

한국같이 전동카트나 캐디도 있지만 비싸서 이곳 사람들은 거의 타지 않고 개인용 카트를 끌거나 아니면 운동삼아 어깨에 둘러매고 걸어 다닙니다.

골프장의 터주 대감인 1번 홀 진행자는 골퍼들의 실력수준을 미리 알기 위해 티샷을 하기 전 이 코스에 와 봤느냐 등 참고로 몇 가지를 물어 보곤 합니다. 미리 경고 아닌 경고를 주는 것이지요. 대답이 확실하지 않거나 태도가 마뜩치 않으면 코스에 나가 있는 마샬(경기진행요원)에게 무전으로 연락을 합니다. 몇 시에 출발한 팀을 잘 지켜보라고요.

진행이 늦거나 플레이가 잘 안 되면 진행요원이 먼발치에서 따라가며 주시하고 있다가 아홉 홀이 지나고 도저히 아니다 싶으면 나머지 홀에 대한 그린피를 돌려주고 돌아가 달라고 합니다. 다른 골퍼들의 진행에 방해가 된다는 이유지요. 그러면 덩치가 산만한 골퍼들은 얼굴이 벌게져서 고분고분하게 집으로 돌아갑니다.

사실 골프장에 와서 아홉 홀을 돌고 난 사람들에게 골프실력이 안 되니 돌아가 달라고 말하는 것도 쉽지 않을 뿐만 아니라 다른 사람에게 방해가 된다는 말을 듣고 순순히 돌아간다는 것도 우리의 상식으로는 이해가 안 되더군요. 스스로 인정하고 남을 배려하려는 순수한 그들의 모습이 인상적이었어요. 저랑 조인했던 어떤 사람도 9홀 마치고 집으로 돌아간 적이 있답니다."

나는 이 글을 읽으면서 요즘 우리나라 골프장의 분위기를 떠올려보았다. 요즘 한국에는 골프를 배우는 초보자들이 늘고 있다. 캐디 말을 빌리면 골프장을 찾는 손님들 중에 태반은 100을 넘나든다고 한다. 그렇다고 미국처럼 골프장에서 퇴장당하고 집으로 돌아갔다는 소리는 들어 보지 못했다. 골프매너 중에 '진행은 빨리, 샷은 신중히'라는 말이 있다. 볼이 안 맞으면 손으로 들고 가는 한이 있어도 진행에 신경을 써야 한다. 그것이 골퍼의 기본 에티켓이다.

필드매너 10가지

    최근 골프인구가 늘어나자 골프장들은 즐거운 비명이다. 그런데 즐거움이 있으면 그렇지 못한 면이 있는 것이 문제다. 골프장을 찾는 초보자들의 다듬어지지 않은 골프매너가 날이 갈수록 심각하다는 사실이다. 여론이 비등해지면서 골프방송과 골프유관단체들이 앞장서 매너캠페인을 벌이고 있다. 하지만 캠페인이 기대에 못 미친다고 하니 안타까울 뿐이다.

    골퍼들은 평소 골프매너에 대한 소리를 귀가 아프게 들어왔지만 무엇을 어떻게 하는 것이 진정한 골프매너인지 아는 사람은 많지 않은 것 같다. 아무도 올바른 매너를 가르쳐주지 않기 때문이다.

    옛날 내가 골프를 처음 시작할 때만 해도 친구들로부터 욕을 먹어가며 매너를 배웠다. 사실 친구들로부터 매너를 배운다는 것이 쉬운 일은 아니다.

    요즘 친구들이 골프매너에 대해서 이야기를 하면 〈너나 잘해〉라는 우스갯소리가 있다.

골프매너하니까 골프의 성지인 스코틀랜드에서 있었던 일이 생각난다. 지금부터 90년 전 일이다. 회원 한 사람이 골프를 치다가 계속해서 짧은 퍼팅을 놓치자 화가 난 나머지 에이! 하며 볼을 걷어차는 시늉을 하다가 그만 그린에 손상을 입혔다. 함께 골프를 치다가 이를 본 동반자가 클럽하우스에 그 사실을 고했다.

골프장 측은 그 날로 긴급총회를 소집했고 그 사람은 결국 골프매너 때문에 총회에서 회원자격을 박탈당하고 말았다. 그 당시 골프모임에서 퇴출을 당한다는 것은 사회적 패배를 의미하기 때문에 그 날 이후 골프장에서 그의 모습을 볼 수 없었다고 한다. 우리로서는 상상도 하지도 못할 이야기가 아닐 수 없다. 골프는 볼을 잘 치는 것보다 매너가 얼마나 더 중요한가를 일깨워 주고 있다. 우리나라 골퍼들은 볼은 잘 친다. 하지만 매너를 제대로 알고 행하는 사람은 많지 않다고 한다. 골프코스에서 꼭 지켜야 할 매너 10가지를 뽑아서 여기에 적어 본다.

1. 골프약속은 반드시 지켜야 하며 골프장에는 약속보다 1시간 전에 도착한다.

2. 다른 사람이 샷을 할 때는 조용히 한다.

3. 볼은 있는 대로 놓고 친다. 건드리면 안 된다. 골프의 철칙이다.

4. 샷은 신중히 하고 진행은 빨리한다.

5. 세컨드샷은 그린에서 먼 사람부터 하고 거리가 비슷하면 양해를

구한다.

6. 벙커샷을 하고 나면 고무래로 반드시 자신의 발자국을 없앤다.

7. 그린에서는 반드시 마크하고 볼의 자국을 수리한다.

8. 동반자가 퍼팅할 때 퍼팅라인에 서있지 말고 시야에서 벗어난다.

9. 퍼팅이 끝났어도 동반자가 홀아웃을 할 때까지 기다린다.

10. 라운드가 끝나면 모자 벗고 수고했다며 악수를 나눈다.

이외에도 골퍼들이 지켜야 할 매너가 많지만 위에 나열한 매너만 잘 지켜도 멋쟁이 골퍼로 인정받아 다음 라운드가 보장될 것이다.

골프장에 음식물 반입금지

골프장에 가면 게시판에 음식물 반입금지라는 내용의 글이 붙어 있는 것을 쉽게 볼 수 있다. 골퍼들이 골프장에 오면서 소풍갈 때처럼 김밥이나 도시락 등을 싸들고 오지 말고 레스토랑을 이용하라는 뜻이다. 하지만 골프를 치는 과정에서 허기를 채우려고 사람들이 갖고 가는 바나나 한두 개도 음식물로 간주된다는 것을 최근 보도를 통해 알게 되었다. 물론 나는 골프장에 가면 식당에서 식사를 한다. 속이 비면 눈에 헛것이 보여 볼이 안 맞을 뿐만 아니라 자칫하면 부상의 위험이 따르기 때문이다. 식사를 해도 골프를 치다 보면 긴장해서 그런지 중간에 시장기가 느껴질 때가 있다. 허기가 오면 나는 염치불구하고 가지고 간 바나나를 먹는다. 식물성 단백질이 에너지를 보충해주기 때문에 플레이에 도움이 된다.

그늘집에서 음료수와 간단한 요깃거리를 팔지만 가격이 턱없이 비싼 탓에 혼자 들어가서 먹기도 뭐해서 지나치다 보면 배가 고프다.

지난 7월 중순, 공정거래위원회가 경기도 광주시 목동에 있는 모 골프장 측이 음식물반입을 일방적으로 금지하고 위반시에 회원들에게 불이익을 준 행위에 대해 시정조치를 내렸다는 신문기사가 났다. 골프장은 지난 해 9월부터 쾌적한 환경유지, 경기질서유지 등을 이유로 골프장 입장객들의 음식물반입을 금지하고 이를 어긴 회원들에게는 벌점을 부과해 골프장부킹을 일정기간 정지시키는 불이익을 주었다는 것이다. 하지만 이들 회원들이 가져온 음식물이라는 것은 커피, 물, 초콜릿, 바나나, 떡 등 간식종류로 환경훼손이나 경기질서에 영향을 미치지 않는 것으로 조사됐다. 따라서 공정위는 골프장의 매출확대를 위해 음식물반입을 과도하게 금지하고 회원들에게 불이익을 준 골프장의 행위에 부당성이 인정된다고 지적했다. 또한 공정위는 이번 시정조치로 간단한 음식물조차 반입을 금지하는 골프장 사업자들의 비합리적인 음식물반입 제한 행위가 개선되도록 해당 골프장 측에 시정명령을 내리고 이 사실을 7일 동안 골프장 게시판에 공표토록 했다는 소식이다.

아마 전 세계의 수많은 골프장 중에 간식 종류를 반입하지 못하게 하는 곳은 우리나라 골프장뿐일 것이다. 국내골프장들이 극성을 떠는 것은 오직 그늘집의 매출을 올리려는 의도로밖에 볼 수가 없다. 이번 공정위의 시정조치는 때늦은 감은 있으나 정의가 살아 있음을 보여준 사례로 박수를 보낸다.

김주미와 지은희가 실격당한 사연

국내외 많은 골프팬들의 관심 속에 LPGA투어가 인천 스카이 72 오션코스에서 열렸다. 이번 대회에는 LPGA투어에서 활약하고 있는 태극낭자들은 물론이고 유명 외국인 여자선수들도 대거 참가해서 갤러리들에게 안복을 누리게 했다. 겨울을 재촉이라도 하듯 대회 전날 내린 비와 바닷가에서 불어오는 쌀쌀한 바람 때문에 선수들이 경기하는데 어려움을 겪었으나 귀마개 등 대회본부 측의 발빠른 사전준비가 선수들에게 도움이 됐다. 어떤 선수는 추위 때문에 나눠 준 귀마개를 갤러리들의 소음방지용으로 썼다는 소리도 전해진다. LPGA투어에서 활동하고 있는 김주미와 지은희는 대회 첫날 10번 홀부터 경기를 시작해서 전반 아홉 홀을 마치고 다음 홀로 이동을 하고 있었는데 그냥 걸어서 이동하기에는 꽤나 먼 거리였다. 특히 날씨가 쌀쌀했던 터라 더욱 그랬다. 걸어서 이동하던 지은희는 타고 가라는 진행요원들의 권유로 무심결에 카트를 탔고 마침 화장실에 간 김주

152

미 대신 그의 캐디가 카트를 탔다. LPGA투어는 선수는 물론 캐디도 카트를 탈 수 없을 뿐만 아니라 손으로 끄는 수동카트도 허용되지 않는다. 그러나 이번에 한국에서 대회를 개최하면서 LPGA 측은 코스의 특성을 감안해 일부구간에 대해서만 카트를 탈 수 있도록 허락했는데 전반 9홀과 후반 9홀 사이는 카트가 허용이 되지 않았다. 따라서 카트를 탔을 경우 2벌 타를 받게 되어 있었다. 김주미와 지은희는 이를 모르고 카트를 탔고 스코어카드를 제출할 때 2벌 타를 신고하지 않아 결국 스코어카드 오기로 실격 처리되고 말았다.

요즘 국내에서 열리는 여자프로골프대회에서 일부선수들의 캐디가 손 카트를 끄는 것을 자주 본다. 이번에 두 선수가 미리 로컬룰만 알았어도 모처럼 국내에서 열린 LPGA투어에서 실격당하는 불명예는 없었을 것이다. 프로대회에서 실격은 선수에게 중벌에 해당돼 경력으로 남는다고 한다. 작은 실수로 인한 두 명의 실격소식은 다른 선수들에게도 많은 참고가 됐을 것이다. 아픔 속에 성장한다는 말이 있듯이 두 사람은 이번 대회에서의 경험을 새로운 도약의 계기로 삼았으면 하는 바람이다.

내가 왜, 당신의 아저씨

요즘 골프를 치다 보면 가끔 위험할 때가 있다. 앞팀의 더딘 진행 때문에 기다리고 있는데 뒤팀에서 샷을 하는 경우다. 잘못하면 큰 사고를 부른다. 실제 그런 경우에 피해자가 상처를 입고 소송을 걸었다는 경우를 신문에서 본다.

하루는 친구들과 골프를 치러 갔다. 날씨가 좋았는데 골프장에는 생각보다 손님들이 많지 않아 보였다.

"아저씨! 아까는 죄송했습니다. 평소 거리가 안 나서 그냥 쳤더니 글쎄 고놈의 볼이 그렇게 잘 맞을 줄은 몰랐네요! 죄송합니다."

그늘집에 앉아서 앞팀의 티샷이 끝나길 기다리고 있는데 뒤따라 들어온 뒤팀의 한 젊은이가 연실 죄송하다고 사과를 한다. 우리가 지나온 그린에서 퍼팅을 하고 있었는데 뒤팀의 볼이 날아와 자칫했으면 맞을 뻔했기 때문이다. 그런데 그는 자신의 잘못보다는 볼을 탓하는 듯한 말이 귀에 거슬렸다. 그 날은 사람이 많지 않아서 그렇게 급하게 칠 이유도 없었다.

"우리가 아직 그린에 있는데 샷을 하면 어떻게 해요? 하마터면 내가 맞을 뻔했단 말이오. 골프 볼은 총알 같아서 맞으면 큰일나요. 그런데 아저씨라니! 내가 왜 당신의 아저씨란 말이오? 난 당신 같은 조카를 둔 적이 없어요. 상대를 존중할 줄 알아야 존경을 받지. 아무나 보고 아저씨라니 원 참!"

젊은이의 사과하는 태도가 못마땅했던지 흰 머리의 홍사장이 따발총 쏘듯 냅다 한 마디 하며 혀를 찬다. 난데없이 볼에 맞을 뻔했던 것도 썰렁한데 초면에 다짜고짜 아저씨라고 하는 젊은이의 언사가 맘에 들지 않았던 모양이다. 차라리 아까는 죄송했습니다, 하고 사과를 해도 될 것을 많은 존칭 중에 하필이면 웬 아저씨! 옆에서 동반자들이 듣기에도 좀 그랬다. 하기야 요즘 젊은 사람들에게 아저씨는 일상적인 호칭이니까 그걸 탓할 수는 없지만 사고가 날 뻔했던 일을 저질러 놓고 생면부지의 상대에게 사과를 할 입장이라면 언어에 좀더 신경을 썼더라면 하는 아쉬움이 남았다. 옛말에 가는 말이 고와야 오는 말도 곱다고 했다. 이제 우리도 선진국에 진입한 이상 상대를 존중하고 배려하는 차원에서 그에 걸맞는 호칭문화에 대한 의식전환이 필요할 때라고 본다.

내기에도 매너는 있다

골프를 치다 보면 누구나 본인의 의사와 상관이 없이 겪는 일이 있다. 내기다. 골퍼들의 내기는 동서가 다르지 않은 것 같다. 동반자 중에 누군가 내기를 하자고 제안을 하면 별로 내키지는 않지만 혼자서 안 한다고 하기가 쉽지 않다. 괜히 분위기를 깨는 것 같아 아주 특이한 사람 아니면 대개 따라한다. 골프를 신중하게 치기 위해 내기가 필요하다는 당위성을 내세우는 사람이 있는가 하면 내기에 신경 쓰다 보면 오히려 골프가 안 맞아 재미없다는 사람도 있어 내기에 대한 이견은 항상 있게 마련이다.

나는 골프를 처음 시작하면서 친구들과 내기를 했다. 안 하겠다고 하면 다음에 불러주지 않는다는 공갈협박에 별 수가 없었다. 당시 내기는 주로 스트로크당 돈내기였는데 친구들은 내가 아무리 초보자라 해도 나인에 3점 이상 주지 않았다. 억울하면 빨리 골프를 배워서 잘 치라는 것이었다. 선택의 여지가 없었던 나는 늘 깨졌다. 초보자 때

부터 내기에 지다 보니 돈 잃는 사람의 심정을 알게 됐고 돈을 덜 잃
는 요령도 터득하게 됐다. 처음부터 내기에 굳은살이 박힌 탓에 나는
나름대로 내기의 수칙을 갖게 됐다.

1. 처음 만난 사람과는 내기를 하지 않는다. 서로를 잘 모르기 때문이
   다. 돈 잃고 속 좋은 사람 없다.
2. 핸디를 받고 치는 경우 가급적 상대를 이기려들지 않는다. 아무리
   내기라 해도 핸디를 준 사람에 대한 예의이기 때문이다.
3. 금액에 관계없이 일단 내기에서 돈을 따면 경비에 보탠다. 그래도
   남으면 돌려준다. 진정한 낚시꾼은 잡은 물고기를 놓아준다고 했
   던가? 물론 돈 잃고 나서 되돌려 받으면 순간 머쓱해하지만 그건
   잠시일 뿐, 잃은 돈을 돌려받고 기분 나빠하는 사람 못 봤다.

   요즘 골프장에 가면 누가 만들어냈는지 기발하고 재미난 내기방식
이 많다. 동반자들끼리 별로 신경 쓰지 않고 희희낙락하며 즐겁게 경
쟁하는 모습은 보기에도 아름답다. 하지만 간혹 딴 돈 몇 푼을 호주
머니에 넣고 가는 경우는 동반자들과의 친선을 위해서 보기에 좀 그
렇다. 내기에도 매너는 있다.

이런 바보 같은 놈

지난 8월 27일 뉴욕의 자유여신상이 내려다보이는 뉴저지주 리버티 내셔널GC에서 열린 PGA투어 플레이오프 시리즈인 바클레이스 대회 첫날, 타이거 우즈는 7번 홀에서 두 번씩이나 벙커를 전전하며 가까스로 보기를 한 뒤 골프채를 내던지며 "에이 바보 같은 놈" 하며 자책을 했다고 한다. 그 전 주에 있었던 메이저 PGA챔피언십에서는 무명이나 다름없는 양용은과 접전을 펼치면서 짧은 퍼팅을 놓치자 조급한 나머지 몸 트는 동작까지 써가며 짜증스러워했다. 골프 황제도 볼이 안 맞으면 별 수 없는 모양이다.

며칠 전 나는 한 중소기업의 김사장으로부터 필드레슨을 해달라는 요청을 받았다. 한때 나에게서 레슨을 받았던 사람이었기에 흔쾌히 승낙을 했다. 다음 날 새벽 우리는 찬공기를 가르며 고속도로를 달리고 있었다. 오후에 일을 하기 위해 새벽에 골프를 치자는 그의 부탁 때문이다. 골프를 치다 보면 상대의 성격을 금새 알 수 있다. 그는 평소 과묵하고 점잖았는데 코스에 나가니까 성격이 달라졌다. 미스샷을 하고 나면 혼자 중얼거리는 소리가 멀리까지 들렸다. 특히 퍼팅을 할 때는 더 심했다.

"이런 바보 같은 놈! 오늘 왜 이러지? 병신같이."

누가 들으면 싸움이라도 하는 줄로 착각할 정도로 그는 자신을 질책했다. 처음에는 그러려니 했는데 홀을 거듭할수록 계속되는 그의 습관적으로 내뱉는 자책소리는 동반자들이 경기하는데 지장을 주었다. 나는 작심하고 그의 버릇을 고쳐 주기로 했다. 다음 홀에서 티샷을 하고 걸어가면서 "김사장! 그렇게 자신에게 욕을 퍼부으면 볼이 잘 맞나요? 그럴수록 골프가 더 힘들어질 텐데." 하고 웃으며 말을 하자 그는 다소 황당해하는 표정을 지었다.

"골프가 잘 안 맞으면 이상하게 성질이 난다니까요. 나도 모르게 튀어 나오는 걸 어떻게 합니까? 그렇게라도 해야 마음이 편한 걸요."

"그건 너무 자신만을 위한 이기적인 태도입니다. 동반자도 생각을 해야지요. 김사장! 골프를 왜 매너운동이라고 하는 줄 아세요? 상대방을 배려할 줄 알아야 합니다. 미스샷은 일단 잊어버리세요. 골프는 실수의 운동입니다. 실수는 누구나 합니다. 그건 흉이 아닙니다. 잘 못하면 동반자들로부터 왕따를 당합니다."

짐짓 겁을 줘 가면서 단호하게 충고의 말을 던졌다. 자존심 상하는 소리로 들릴 수도 있었겠지만 나이도 많고 골프를 가르치는 선생이어서 그런지 그는 의외로 다소곳이 경청하는 것 같았다. 그 날 이후 나는 그를 한동안 보지 못했는데 하루는 그에게서 전화가 왔다. 그

동안 바빠서 못 왔다며 그 벌로 새벽골프에 초청하겠다고 했다.

꼭두새벽에 별을 보며 우리는 전에 갔던 그 골프장에 다시 갔다. 입에 쓴 약이 몸에 좋다고 했던가? 그는 여전히 샷을 실수했지만 지난번처럼 중얼거리거나 자책하는 소리는 없었다. 나의 충고가 약발을 받았던 모양이다. 그가 고마웠다. 골프는 샷보다 자신의 실수를 받아들일 줄 아는 자세가 중요하다는 어느 유명프로골퍼의 말이 생각났다.

꿈나무들에게 낯뜨거운 프로들의 골프매너

엊그제는 마침 토요일이어서 나는 골프를 가르치는 초등학생 13명을 데리고 KPGA코리언투어가 열리고 있는 가평 베네스트 골프장을 찾았다. 골프 꿈나무들에게 골프장과 프로선수들의 경기를 직접 보여주기 위한 현장교육이었다. 골프장 측의 특별한 배려가 있었기에 가능했다.

내가 프로골프대회에 갤러리로 간 것은 아마 20년도 더 된 것 같다. 비기너 때는 프로대회를 자주 보러 골프장에 갔었다. 오전 11시 반쯤 현지에 도착하니 날씨는 쾌청하여 골프치기에 안성맞춤이었다. 남녀 초등학생들은 마치 야외로 소풍이라도 온 듯 아주 좋아했다.

마침 챔피언 조가 티샷을 준비하고 있었는데 노장 최광수와 송기준이 -5로 공동선두였으며 -4인 권태균이 한 조를 형성하고 있었다. 모처럼 노장 최광수의 경기하는 모습을 곁에서 직접 볼 수 있었던 것도 행운이었다.

40대 후반이면 이젠 제법 살도 찌고 배가 나올 법도 한데 그는 아직 20대 못지 않은 날씬한 몸매를 유지하고 있어서 놀라웠다. 그의 피나는 노력의 결과였으리라. 그의 경기하는 모습을 따라가면서 보니 비록 티샷은 젊은 선수들보다 20야드 정도 쳐졌지만 핀을 향해 송곳처럼 정확하게 찔러 대는 아이언샷은 가히 일품이었다. 특히 그의 코스매니지먼트는 다른 사람보다 돋보였으며 땡볕에 새까맣게 그을린 무표정한 얼굴 모습은 독사라는 별명이 딱 들어맞는 것 같았다. 3번 홀이었다. 먼저 홀아웃을 한 젊은 선수는 최광수의 마지막 퍼팅을 보지 않고 다음 홀로 이동했다. 다음 4번 홀에서도 먼저 퍼팅을 마친 그는 역시 최광수의 마지막 펏은 관심도 없다는 듯 다음 홀로 가 버렸다. 상대의 퍼팅이 끝날 때까지 기다렸다가 같이 움직이는 것이 골프매너인데 그의 태도는 참으로 어처구니가 없었다. 공동선두끼리기 싸움인가 싶었다. 아무리 그래도 그렇지 동반자가 퍼팅을 하고 있는 데 먼저 홀을 벗어나는 경우는 없다. 요즘 젊은 골프선수들의 매너 없다는 소리를 현장에서 확인하는 순간이었다. 전반 9번 홀까지 1타를 뒤진 최광수는 10번 홀에서 다시 버디를 성공해 공동선두를 지켰다. 11번 홀인 파5에서였다. 그의 티샷이 다른 사람보다 짧자 그는 먼저 세컨드샷을 해서 그린 근처 30야드 지점에 볼을 갖다놓았다. 티샷을 제일 멀리 날린 젊은 선수는 2온을 노리려는 듯 앞팀이 그린을 벗어나길 기다리고 있는데 미리 세컨드샷을 한 최광수는 아직 샷을 하지 않은 상대를 아랑곳하지 않고 서드샷할 지점인 그린 근처로 걸어가는 것이었다. 동반자가 아직 세컨드샷도 하지 않았는데 그런 위험한 행동을 하는 것은 프로로서의 매너가 아니다. 아마 지난 3, 4번 홀에서의 앙갚음인 듯했다. 기다리다가 리듬이 끊겼는지 아니면 최광수의 행동에 신경이 쓰였는지 젊은 선수의 세컨드샷은 그린 앞 벙커로 들어가 두 사람 다 그 홀에서 버디를 하지 못했다. 결국 피장파장인 셈이었다. 난생 처음 골프장을 찾아 프로선수들의 경기하는 모습을 보고 배우려는 꿈나무들에게 프로선수들의 매너 없는 행동을 어떻게 설명해야 할지 참으로 난감했다.

필드를 감동시킨 매너

골프경기는 전쟁이다. 전쟁에는 승자만이 있을 뿐이다. 골프 선수들은 마지막까지 살아남기 위해 최선을 다하고 결과에 승복한다. 골프선수로서 진정한 모습이 아닐 수 없다.

지난 주에 끝난 일본여자프로골프투어 요코하마 타이어 PRGR 레이디스 컵대회 연장전 장면은 그래서 두고두고 잊혀지지 않는다. 일본 고치현 도사 GC에서 열린 대회 마지막 날, 잘 나가던 신지애는 16번 홀에서 통한의 오비를 내고 말았다. 그가 오비를 낸 것은 4년 만에 처음이라고 했다. 금년 들어 그는 숨쉴 틈도 없이 세계를 돌며 빡빡한 골프대회의 일정을 소화하다 보니 아무리 나이가 젊어도 피곤증이 나타날 수밖에 없다. 몸이 피곤해지면 골프는 자기도 모르게 어드레스의 자세가 틀어져 일어서게 된다. 어드레스 자세가 일어서게 되면 훅이 난다. 그래서 그는 왼쪽으로 오비가 난 것이다. 결국 막판 두 홀을 남기고 선두인 일본의 요꼬미네 사꾸라이와 두타 차이로 벌어지면서 그의 우승은 물 건너 간 것 같았다. 하지만 18번 홀에서 요꼬미네가 짧은 퍼팅을 어이없이 놓치는 바람에 신지애와 동타가 되어 연장전에 들어갔다. 마지막 홀에서 더블보기라니 요꼬미네는 통탄할 일이었지만 신지애는 하늘이 도운 것이다. 비바람이 부는 악천후 속에서 연장전은 세 홀이 끝날 때까지 승부가 나지 않아 보는 이의 손에 땀을 쥐게 했다.

　결국 연장 네 번째 홀에서 결판이 났다. 신지애가 버디퍼팅을 성공한 것이다. 약 7m거리의 퍼트가 홀을 파고 들면서 그의 우승이 확정되는 순간 일본의 갤러리들은 비록 외국선수지만 신지애를 환호했고 이를 지켜보던 요꼬미네도 박수를 치면서 신지애의 우승을 축하하는 장면이 화면에 비쳐졌다. 패자가 승자에게 축하박수를 보낸다는 것은 매우 보기 드문 장면이었다. 입신의 경지가 아니고는 상상도 할 수 없는 훌륭한 태도였다. 프로골퍼로서 인품이 돋보이는 순간이었다. 한편 신지애도 상대의 축하박수를 보았는지 특유의 미소 띤 얼굴로 요꼬미네에게 다가가 상대의 노고를 위로하듯 머리 숙여 인사를 하고 그를 포용하는 모습을 보면서 코끝이 찡했다. 두 사람의 멋진 매너는 필드를 감동시키고도 남았다.

얄미운 경기방해동작

무릇 운동경기가 과열되다 보면 승부욕에 젖은 선수들은 경기장에서 자기도 모르게 엉뚱한 행동을 표출하게 된다. 그것이 의도적이든 아니든 상대의 경기에 영향을 주게 되면 벌칙을 받거나 지탄의 대상이 되기도 한다. 특히 오묘한 대자연의 섭리를 응용해서 만든 골프코스에서 오랜 시간 경기를 하다 보면 간혹 그런 사례가 있음을 볼 수 있다. 상금이 큰 프로대회일수록 승부욕이 선수들을 심리적으로 자극하기 때문이다.

지난 주 전남 장성에 있는 푸른솔 GC에서 KLPGA투어 하이마트 여자오픈이 열렸다. 대회 총상금이 5억에 우승상금만 1억이었으니 여자프로대회 치고 상금이 많은 편이었다.

대회 이틀째. 이보미와 양수진은 볼에 날개가 달린 듯 거침없는 퍼팅으로 앞서거니 뒤서거니 하며 선두 각축전을 벌려 시청자들의 관심을 끌었고 대회 마지막 날 경기에 기대를 갖게 했다. 하지만 대회 마지막 날, 전날까지만 해도 보기 없이 버디만 잡는 경기를 펼쳤던 이보미는 4번 홀에서 프로선수로서 상상도 못할 4퍼팅의 난조를 보이며 날개 없는 추락을 하고 있었다. 반면 같은 조의 양수진은 차돌멩이같이 당찬 모습으로 전날에 이어 퍼팅에 흔들림이 없었다.

후반 13번 홀에서였다. 쫓고 쫓기는 상반된 입장에서 두 사람은 똑같이 볼을 그린에 올렸다. 핀에서 거리가 멀었던 양수진이 먼저 퍼팅을 하려는 데 얼마 떨어지지 않은 그린 위에서 이보미가 돌아선 채 퍼팅스트로크 연습을 하고 있는 것이 화면에 비쳤다. 곧 멈추려니 했는데 상대가 퍼팅을 시작했는데도 불구하고 퍼팅동작을 멈추지 않아 보는 이를 불안하게 만들었다. 의도적이 아니더라도 골프에서 그런 매너는 있을 수가 없다. 더구나 상금순위 상위에 있는 선수가 어떻게 그런 행동을 할 수 있는지 헤아려지지 않았다. 그런데 다음 홀에서 재미난 현상이 벌어졌다. 이보미가 퍼팅을 하려 하자 양수진이 거꾸로 전 홀에서 이보미가 했던 것 같은 퍼팅동작을 하는 것이었다. 이번엔 그린 밖이었지만 아마 전 홀에서 이보미의 행위를 의식했던 모양이다. 보기에 안 좋았다. 장래가 촉망되는 젊은 선수들답게 정정당당한 진검승부를 보여주었더라면 하는 아쉬움이 남았다.

승부에 집착한 나머지 골프의 기본매너를 잊은 두 여자프로선수의 얄미운 경기장면을 지켜보면서 누군가 우리나라 사람들이 볼은 잘 치는 데 골프는 잘 못 친다고 한 말이 떠올랐다.

캐디를 금지한 까닭

한때 미국여자골프계에 혜성처럼 나타나 세상을 놀라게 했던 미셸 위가 4월 15일 제주도 롯데스카이힐CC에서 열린 롯데마트여자오픈에 초청받아 한국을 방문했다. 그런 그가 프로암대회에 불참했다는 소식이다. 주최 측이 자신의 전속캐디를 동반하지 못하게 했기 때문이라고 한다. 결국 그의 불참으로 그와의 골프에 기대가 한껏 부풀었던 아마추어동반자들은 못내 아쉬움을 안고 골프채를 챙겨야만 했다.

프로암대회는 항상 본 대회보다 하루 앞서 열리는 게 관례이며 대회 참가 선수들은 동반라운드를 원하는 아마추어골퍼들에게 팬서비스를 하는 날이다. 물론 프로암대회에 참가하는 아마추어들은 스폰서 명목으로 상당한 액수를 주최 측에 내고 프로들 또한 그에 합당한 보수를 받는다고 한다.

프로암 경기에 참가한 선수들은 자신을 좋아하는 팬들과 골프를 즐기면서 코스답사와 이튿날 경기를 위한 샷을 가다듬을 수 있어 일석삼조의 효과를 얻는다.

그런데 프로암대회 때마다 여자프로선수들의 태도에 대해서 뒷말이 많다. 동반자들과 잘 어울리지도 않고 자신의 캐디하고만 이야기를 하면서 코스정보에만 신경을 쓴다는 것이다. 오죽했으면 KLPGA는 2006년부터 프로암대회에 참가하는 선수들로 하여금 개인캐디를 동반하지 못하도록 규정을 만들었을까? 미셀 위가 자신의 캐디를 동반하지 못한 까닭이다.

그러나 아무리 프로암대회에 임하는 선수들의 태도가 불성실하다고 해서 프로에게 캐디동반을 금지시킨 것은 대회 주최인 KLPGA가 골프를 너무 물리적으로 해결한다는 비난을 받을 수 있다. 프로암대회에 참가하는 프로선수들에게 개인캐디 동반을 금지시키는 나라는 아마 대한민국밖에 없을 것이다.

물론 프로선수에게 캐디는 자신의 분신과 다름이 없다. 하지만 대회 규정이 그렇다면 미셀 위는 프로암대회에 참가해서 주최 측의 요구대로 따라주는 것 또한 선수로서 매너라고 본다.

프로암대회의 여자 선수들은 비싼 경비를 부담하는 동반자들과 즐겁게 시간을 보내는 것이 도리이며 인간관계의 폭을 넓힐 수 있는 좋은 기회라는 것을 알아야 한다. 프로골퍼들은 선수 생활하는 날보다 살아갈 날이 더 많다. 그리고 그들은 공인이다. 공인은 사회에 대한 책임과 의무가 있다. 그들이 사회에 기여하는 방법은 여러 가지가 있을 것이다. 프로암대회에 참가하는 것도 프로골퍼로서 하나의 봉사다. 그런데 그들은 오직 다음 날 시작하는 대회에서 상위 입상에만 신경을 쏟는다. 프로암대회에 기대를 걸고 참가한 사람들로부터 불평과 불만이 있음은 당연하다. 이번 계기를 거울삼아 여자선수들은 무엇이 골퍼로서 참 모습인가를 생각해야 하고 KLPGA 또한 캐디 동반금지 규정을 앞세워 선수들과 마찰을 빚지 말고 프로암대회를 원만히 운영할 수 있도록 노력을 경주해야 할 것이다.

제4장

골프를 즐기자

볼 잘 치는 사람과 골프 잘 치는 사람

평소 형처럼 가까이 지내던 선배의 부음을 받고 나는 한 대학병원의 장례식장으로 달려갔다. 며칠 전 그의 입원소식을 듣고 병문안을 갔을 때만 해도 이렇게 빨리 유명을 달리 할 줄은 몰랐다. 나와는 10살 터울의 선배의 자상했던 모습이 눈앞을 어른거렸다. 그는 나의 골프 멘토였다. 그가 아니었으면 아마 지금의 나는 없었을지도 모른다.

30대 후반, 내가 건강 때문에 고생을 할 때 그는 운동이 보약이라며 골프를 권했다. 차일피일하던 나는 1982년 1월 새해 다짐의 일환으로 골프를 시작했다. 그해 겨울은 유난히 추웠다. 하지만 나는 매일같이 새벽에 일어나 집근처 골프연습장에 가서 골프를 배웠다. 연습장 캐디가 볼을 직접 타석에 놓아주던 시절이었다.

개나리꽃이 만발한 어느 봄날, 친구들이 머리를 얹어준다기에 주인 시장 가면 똥장군 지고 따라가는 머슴처럼 나는 골프채를 둘러매고 그들을 따라 골프장엘 갔다. 볼을 친다는 것 말고 골프에 관해서 전혀 아는 게 없던 터라 나는 처음부터 친구들이 하자는 대로 내기에 끼어들었다가 코피가 터지곤 했다.

하루는 내가 골프를 친다는 소문을 듣고 선배가 축하한다며 전화를 걸어왔다. 수원CC를 처음 밟아 본 것은 선배 때문이었다. 그가 첫 홀에서 나에게 당부했던 말은 지금도 기억이 생생하다. 그는 생뚱맞게 "볼 잘 치는 사람보다 골프를 잘 치는 사람이 되라"고 했다. 나는 그 말이 그 말 같아서 무슨 뜻이냐고 물었더니 답은 나중에 주겠다면서 그는 나에게 많은 것을 주문했다. 다른 사람이 샷을 할 때는 조용히 하고, 샷은 신중히 하되 진행은 빨리 하라고 해서 나는 항상 뛰다시피 했다. 그렇게 해야 뒤팀에서 볼 때 정상적인 진행으로 여긴다는 것이다. 역지사지(易地思之)해 보니, 그럴 것 같았다. 내가 평소 진행을 빨리하는 것은 그때 배웠다. 상대가 퍼팅을 하면 시야에서 벗어나라고 했다. 가까이서 그의 퍼팅을 구경하다가 지적을 받은 것이다. 아마 선배가 아니었으면 누가 그런 얘기를 해주었겠으며 나 역시도 순순히 따라하지 않았을 것이다. 한동안 나는 그로부터 골프매너에 관한 많은 것을 배웠다. 하루는 골프를 치고 나서 함께 저녁을 먹던 중 그는 불쑥 그동안 자신의 잔소리를 잘 참고 들어줘서 고맙다며 볼 잘 치는 사람과 골프를 잘 치는 사람이 어떻게 다른지 설명해주었다.

볼 잘 치는 사람이란 연습장에서 손이 부르트도록 연습하고 하루가 멀다고 필드에 나가서 점수에만 매달리는 사람을 말한다고 했다. 그들에게 에티켓이나 룰은 안중에도 없고 오직 점수에 집착하다 보니 스코어의 유혹에 못 이겨 볼을 건드리는가 하면 점수를 속이게 돼 동반자들로부터 기피인물로 낙인찍히거나 인품을 저울질당하니 볼은 있는 그대로 치라는 것이다. 반면 골프실력은 다소 못해도 동반자를 배려하거나 룰과 매너를 지켜 골프를 즐길 줄 아는 사람을 일컬어 골프를 잘 치는 사람이라고 했다.

이러한 골프의 양면성은 일본사람들 때문이라는 것이다. 그에 의하면 1901년, 일본은 고베 근처에 처음으로 4홀의 골프장을 만들었다. 그리고 10cm 내에서 볼을 옮겨 놓고 칠 수 있도록 자의적인 룰을 만들었는가 하면 볼 잘 치는 사람을 싱글, 핸디캡을 핸디, 라운드를 라운딩이라고 한 것과 숏홀, 미들홀, 롱홀이라는 말 또한 골프용어에 없는 그들만의 작품(?)이라는 것이다. 그러한 식의 잘못된 골프문화가 국내에 들어와 둥지를 틀었는데도 누구 하나 이를 바로 잡지 않았다고 그는 안타까워하면서 최근 골프장에서 기상천외한 일들이 벌어지고 있는 것에 대해 마뜩찮아했다. 한때 첫 홀은 무조건 올 보기라고 하더니 언제부턴가 한 술 더 떠서 한 사람이 파를 하면 '일파만파'라고 스코어카드에 전부 파를 적도록 하여 캐디들마저 일파만파로 오염되게 만들었고 올 파라고 하면 지신(地神)이 알아듣는다며 아우디라고 포장해 버린 것은 코미디의 극치라고 말했다. 그러한 스코어카드로 월례모임에서 상을 받는가 하면 친구들에게 자랑하는 것은 우리나라에서만 볼 수 있는 낯뜨거운 현상이라며 목소리를 높였다.

그랬던 선배를 빈소에서 영정으로 마주하니 그의 생전 모습이 오버랩되어 나는 눈시울을 적셨다. 볼 잘 치는 사람보다 골프를 잘 치는 사람이 되라는 그의 당부를 다시 한 번 가슴에 새겨 본다.

맥주 세례 대신에

요즈음 여자프로골프대회를 보면 우승자인 챔피언에게 동료선수들이 몰려가 축하 맥주를 퍼붓는다. 금년 6월 6일에 있었던 KLPGA투어 우리투자증권 레이디스 챔피언십에서 프로 2년차 이현주가 우승을 거두자 그린 주변에 있던 동료들이 우르르 뛰어나가 2리터짜리 패트 병맥주를 마구 부어 그를 정신을 못 차리게 했다. 마치 우승 못한 한풀이라도 하는 것 같아 좀 심하다는 느낌이 들었다.

언제부터 생겼는지 모르지만 우리나라 여자프로선수들의 맥주 세례는 이제 챔피언을 위한 뒤풀이 행사로 굳어진 듯하다. 난생 처음 우승을 한 것이라면 집단 맥주세례가 아니라 맥주 독에 빠져서라도 축하받아 마땅하겠지만 우승했다고 허구한 날 그린 위에서 난리법석을 떠는 것은 경망스러워 보일 때도 있다.

박세리의 미국 진출 이후 골프 붐이 일자 젊은 세대들에게 골프는 매력적인 직업으로 자리매김했다. 공부는 등한시하고 프로가 되기 위해 오로지 골프에만 매달리는 청소년들이 많다 보니 나이 어린 선수층이 두터워진 것도 사실이다. 많은 기업들과 은행들은 회사 홍보 차원에서 이들을 영입하거나 골프구단을 만들어 그들이 활동할 수 있도록 숨통을 터줬다.

사실 골프가 무엇인지 잘 알지도 못할 나이에 구단에 들어간 선수들은 오로지 기계적인 연습을 통해 기술을 연마하다 보면 가끔 우승도 하고 동료들로부터 맥주 세례를 받는다. 물론 축하의 의미가 담겨져 있어 감동을 줄 때도 있지만 그들만의 소속감 때문일 수도 있다. 긍정적인 감정은 자신감으로 승화되어 동료들에게 전염된다고 한다. 동료의 우승을 축하하고 칭찬하는 긍정적인 태도는 다음 번 자신의 우승에 대한 자신감으로 연결되길 바라는 무의식적인 행동일 수도 있어 이해되지만 동료선수들의 보다 애교 있는 마무리 행동이 아쉽다.

며칠 전 전남 영광에서 끝난 F1 경주대회에서 우승한 우승자가 축하 샴페인을 터트렸는데 그 샴페인은 대회본부 측이 준비해 놓은 특별한 것이라고 했다. 승자에 대한 축하도 하나의 행사이다. 대회 본부는 동료 선수들로부터 축하 맥주를 마구 퍼부을 때 맥주를 뒤집어 쓴 챔피언을 보호하기 위해 큼직하고 멋진 타월을 준비하는 재치를 보여 줄 수는 없을까? 마지막 홀그린에서 챔피언에게 입혀주는 우승 재킷 못지않게 대회의 흥행을 돕고 갤러리들에게 19번 홀의 눈요기를 제공하는 깜짝쇼가 될 것이다. 프로대회의 성공은 흥행이다.

좌뇌형과 우뇌형의 골퍼

최근 들어 좌뇌와 우뇌에 대한 화두가 심심치 않게 지상에 오르내려 눈길을 끈다. 사람은 좌뇌와 우뇌를 갖고 있다고 한다. 좌뇌는 자의식, 분석력 그리고 판단력을 관장하며, 우뇌는 감정을 관장함으로서 넓은 상상력의 바다라고 과학자들은 말한다.

우뇌는 급한 상황에서도 잠재의식 내지는 무의식에 입력된 이미지를 작동하게 만들기 때문에 우뇌의 가능성을 살린 것이 상상력을 통한 이미지 트레이닝이라고 한다. 창의력과 감정을 관장하는 우뇌는 그래서 예술가 쪽에 더 많다는 통계다. 반면에 한 분야에만 깊이 파고 들던 좌뇌형 천재들 때문에 유례 없는 글로벌 금융위기를 불러왔다는 웃지 못할 이야기도 전해진다. 지나친 통계와 분석에 의존한 나머지 세계 경제위기를 초래한 진원지가 미국 월가라는 소리다.

앞으로의 미래는 보다 감성적이고 예술까지 아우르면서 전체를 조망하는 우뇌의 소유자들이 지배하는 시대가 될 것이라고 말하는 학자들도 있다.

인생의 축소판이라는 골프가 좌뇌와 우뇌의 영향을 받는 것은 어쩌면 당연한 일일지도 모른다. 필드에 다녀와서 그 날 친 스코어카드를 분석해야 직성이 풀리는 사람은 좌뇌형 사람이고 그 날 있었던 골프는 다 잊고 마음 편하게 다음 기회를 준비하는 사람은 우뇌형이라고 보면 틀림이 없다. 또한 백스윙을 오른손으로 시작하는 사람은 좌뇌형이고 왼팔과 왼손으로 시작하는 사람은 우뇌가 발달한 사람이라고 한다. 주로 오른손과 오른팔을 이용해서 백스윙을 하는 사람은 다운스윙이 빨라져 미스샷을 유발하지만 왼손과 왼팔을 사용하는 사람은 다운스윙 때 오른손에 여유가 생겨 스윙이 단순해지면서 미스샷의 확률이 줄어든다. 감성적으로 치기 때문이다.

레슨프로들의 성분도 따져 보면 재미 있다. 그들도 좌뇌와 우뇌로 갈린다. 2초도 채 안 걸리는 짧은 스윙동작을 부분적으로 나누어 가르치려는 사람은 좌뇌형 지도자이고 기본자세만 가르친 다음 단순논리로 볼을 치도록 하는 사람은 우뇌가 발달한 지도자라는 말도 있다. 미국 티칭프로의 대부로 통했던 하비 페닉은 우뇌형 골프지도자의 표본이라 하겠다.

평생 텍사스주에 살면서 많은 제자를 길러낸 그에게 체계적인 레슨을 기대하고 비행기나 자동차를 타고 먼 길을 달려온 아마추어골퍼들은 그의 단순한 레슨 방식에 실망한 나머지 욕을 하거나 불만이 가득해서 돌아갔다는 이야기가 그가 쓴 책에 실려 있다. 하지만 한때 PGA투어를 풍미했던 톰 카이트를 비롯한 퍼팅의 귀재라는 마스터스의 우승자 벤 크랜쇼, 그리고 필드의 신사인 데이비스 러브 3세가 그의 가르침을 받은 대표적인 선수들이다. 물론 다수의 유명여자프로선수들도 그의 애제자에 포함된다.

골프를 가르치다 보면 타석에서 생각이 많고 하라는 대로 잘 따라하지 않거나 이유를 묻거나 따지는 사람은 보나마나 좌뇌형이며 시키는 대로 잘 따라하는 사람은 우뇌형이 틀림없다.

나의 수많은 경험에 의하면 결국 좌뇌형보다 우뇌형이 골프를 쉽게 배우고 잘 친다. 생각이 많고 분석적으로 골프에 접근하는 사람은 머리가 복잡해서 샷이 잘 될 리 없다. 골퍼들은 자신이 좌뇌 또는 우뇌형인지 따져 본 다음 골프를 배우면 많은 도움이 될 것이다.

가짜약 효과

옛날 군대에 갔다 온 사람들에게서 들었던 이야기다. 당시 군인들이 배가 아파 의무실로 달려가면 군의관이 조제해 준 약을 먹고 씻은 듯이 나았다고 한다.

그런데 나중에 알고 보니 그 약은 밀가루였다고 한다. 당시 군에는 약 보급이 열악하였기 때문에 의사들은 하는 수없이 밀가루를 소화제라고 주었다는 것이다. 거짓말 같은 이야기지만 의사에 대한 군인들의 믿음이 심리적인 효과를 본 셈이다. 다시 말해서 가짜약 효과, 즉 프라시보 효과(Placebo effect)였던 것이다. 프랑스의 지방약국에 에밀 쿠에라는 약사가 있었는데 주말에 환자가 찾아와 통증을 호소하며 약을 지어달라고 했다. 병원처방 없이는 약을 지어줄 수 없던 터라 약사는 다음 날 병원처방을 가지고 다시 오라고 말했지만 환자가 계속 몸이 아프다고 하는 통에 그는 하는 수없이 몸에 해롭지 않은 포도당 알약 몇 개를 주었다. 며칠 후 약사는 길에서 우연히 그 환자를 만났는데 그는 덕분에 몸이 다 나았다며 고맙다고 인사를 했다. 약사가 지어준 약이 신체에 영향을 줌으로서 극단적으로 나타나는 가짜약 효과를 본 것이다.

골프레슨에서도 가짜약 효과가 위력을 발휘할 때가 있다. 골퍼들의 스윙은 백인백색이다. 그 중에 오버스윙 때문에 고생하는 사람들이 많다. 특히 손목 힘이 약한 여성골퍼들에게서 자주 볼 수 있다. 스윙 톱에서 손목 힘이 약해서 클럽을 지탱해 주지 못하고 목 뒤로 넘어가는 현상이다.

하루는 어떤 사람이 찾아와 볼이 안 맞는다고 울상이다. 스윙을 보니 그는 엄청난 오버스윙을 하고 있어서 교정하기가 거의 불가능했다. 타석에 줄곧 붙어 서서 스윙궤도를 교정해 주면 처음 한두 번은 되는 듯하다가 본래 스윙으로 돌아갔다. 하지만 볼은 잘 맞았다. 본인은 자신의 스윙이 개선된 줄 알고 좋아 하면서 스윙이 교정됐느냐고 묻는다. 오버스윙은 전과 달라진 게 없었지만 "많이 좋아졌으니 그대로 연습하면 된다"고 격려해 주자 자신감이 생겨 볼을 잘 쳤다.

골프에서도 가짜약 효과가 나타내는 순간이다. 스윙은 뭐니뭐니해도 리듬이다. 볼을 자주 치지 않으면 방법이 없다.

사랑의 버디 성금

　매년 연말만 되면 대기업을 비롯하여 구세군의 자선냄비까지 동원되어 불우이웃돕기 행사가 줄을 잇는다.

　4년 전으로 기억된다. 동창골프 모임은 한 달에 한번 골프를 치면서 건강과 우애를 다지고 골프를 통해 어려운 이웃을 돕자는 뜻에서 성금을 모으기로 했다. 방법은 버디를 하는 사람이 1만원씩 적립하기로 하고 '사랑의 버디성금'이라고 이름지었다. 당초에는 우리 주변의 불우한 이웃을 돕기 위해 시작한 것이지만 동창들 중에도 지병 때문에 고생하는 환우들이 있던 터라 그들을 위하는 것도 보람 있는 일이라고 생각했다. 골프모임은 매년 3월에 시작하여 11월에 한해를 마감한다. 회원은 3팀이 고정적으로 참석을 하는데 한두 해 전까지만 해도 참가인원이 30명을 초과해서 부킹에 애를 먹었다. 그러나 동창들도 나이가 들어가면서 체력의 열세와 경제적인 문제가 겹쳐 점점 줄어들어 지금은 3팀이 됐다. 그것도 미리 참석을 독려하지 않으면 자리 채우기가 쉽지 않은 것이 현실이다. 찬물에 뭐 준다는 말이 있듯이 세월 앞에 나이는 어쩔 수가 없는 모양이다. 과거에 날고 기던 친구들의 버디 실력 또한 무뎌져 매달 열두 명이 만들어내는 버디라고 해 봐야 한두 개에 불과한 것도 우리를 슬프게 했다.

남을 돕는다는 것은 아름다운 일이다. 희한한 것은 남을 돕고 나면 빈자리가 곧 채워진다는 것이다.

KPGA투어프로선수들 중에 몇몇 뜻 있는 선수들은 버디를 할 때마다 2만원씩 적립했다가 연말에 어려운 이웃을 도와준다고 한다. 흐뭇한 소식이 아닐 수 없다. 그래서 골프가 칭찬과 배려 그리고 나눔의 스포츠로 거듭나고 있는 것 같다. 며칠 전 한국 여자프로골프모임인 KLPGA에서 송년의 밤을 개최하면서 26명의 프로선수들이 금년 한 해 투어를 치르면서 그들이 기록한 버디 성금 580만원을 어려운 이웃에게 전달했다고 한다. 내년에는 좀 더 많은 선수들이 이에 동참했으면 하는 바람이다.

드라이버와 퍼터만 빼고 확 줄였다

지난 주 나는 금년 첫 동창골프 모임에 참석했다. 동창골프 모임은 매년 3월이면 시작을 한다. 겨울에는 추워서 모임이 없다. 지난해 11월부터 손놓고 있던 골프채를 잡으려니 가슴이 설레고 볼이 제대로 맞을까 하는 걱정이 앞섰다.

순간 어느 재벌총수가 한 말이 생각났다. 그는 무한경쟁시대에서 살아남으려면 마누라와 자식만 빼고 모든 것을 확 바꾸라고 회사 임직원들에게 주문했다. 결국 그의 말은 회사를 세계초일류기업의 반석 위에 올려놓는데 초석이 되었고 지금도 우리 사회에서 회자되고 있다. 그의 말은 변화무쌍한 날씨와 자연을 상대로 경기를 펼쳐야 하는 골퍼에게도 적합한 말 같았다. 순간 엉뚱한 생각이 떠올랐다. 14개의 클럽 중에 드라이버와 퍼터를 빼고 골프클럽을 확 줄여 보자는 것이다. 짝수클럽이 홀수보다 한 클럽 더 나가니까 홀수클럽을 빼고 짝수인 4, 6, 8번 아이언과 PW, SW, 퍼터 그리고 드라이버와 3번 우드를 포함해서 8개를 만들었다. 소위 하프세트가 된 셈이다. 아무래도 불안한 마음에 나는 골프 치기 이틀 전에 연습장을 찾아 30분 동안 샷을 가다듬고 감각을 익혔다.

골프장에 도착하니 쌀쌀한 날씨와 회색빛 하늘은 곧 눈을 뿌릴 것만 같았다. 덕평CC의 마운틴 코스 첫 홀에서 제비뽑기로 1번을 뽑은 나는 제대로 맞을까 하는 가벼운 두려움에 3번 우드로 티샷을 했다. 볼은 의외로 잘 맞았다. 나는 골프장에 자주 못 오기 때문에 처음 한두 홀은 드라이버를 잡지 않는다. 부상을 방지하고 미스샷의 확률을 줄이기 위함이다. 핀까지 약 100m가 남았는데 핀은 그린 뒤편에 꽂혀 있었고 그린 앞에는 벙커가 입을 벌리고 있어 나는 8번으로 쳤다. 나이스 온! 캐디의 목소리가 공간을 가른다.

첫 홀에서 파를 잡자 수입이 짭짤했다. 첫 홀을 무사히 통과하면 다음 홀에서 마귀할멈이 꼭 심술을 부린다. 2번 홀은 오르막의 긴 파 5홀이었다. 이번에도 티샷은 똑바로 날아가 세컨드샷하기에 좋은 위치를 확보했다. 공 먹고 밥만 쳤느냐고 악다구니 친구들의 독설이 거품을 문다. 결국 나는 세컨드샷에서 미스를 범했다. 3번 우드로 친 볼이 오른쪽 러프로 들어갔다. 다행히 볼은 살아 있었다. 오르막에 핀까지 140m가 남았으나 나무가 시야를 가리고 있어 일단 안전한 곳으로 레이업을 하려는 데 나무 사이의 공간이 나를 유혹했다. 뭔가를 보여주고 싶은 충동에 나는 과감하게 5번 아이언으로 홀을 직접 공략했다. 아뿔싸, 팔에 힘이 들어간 것을 느낀 순간 볼은 나무에 맞고 다시 제자리로 돌아왔다. 나는 그 홀에서만 무려 9타를 치고 말았다. 욕심이 화를 부른 것이다. 당연히 먼저 번 홀에서 딴 돈에다 민족자본까지 보태서 내놨다. 입맛이 썼다. 친구들은 골프깨나 친다는 놈이 애바를 해? 집에 가서 애나 보라고 놀려댄다. 이후 마음을 비운 탓에 세홀 연속 파를 하고 나니 다시 주머니가 두툼해졌다. 클럽선택의 여지가 없는 하프세트의 위력을 새삼 느꼈다. 5번 홀을 끝내고 6번 홀 티박스로 가는 데 회색빛 하늘에서 갑자기 목화꽃 같은 함박눈을 뿌리기 시작했다. 골프경기에서 눈은 재고의 여지가 없다. 결국 우리는 노게임이 선언됐고 내기 또한 무효가 되자 수북했던 주머니의 배추잎은 각각 임자를 찾아갔다. 주말골퍼들은 대부분 필드에 나가면 14개의 골프채를 다 쓰지 않는다. 따라서 하프세트는 초보자뿐만 아니라 웬만한 수준의 주말골퍼들도 한번쯤 고려해 볼 필요가 있는 클럽조합이라고 생각한다.

구멍이 커지고 있다

"구멍은 클수록 좋다."

아프리카의 어느 나라 왕이 한 말이다. 그는 골프를 너무나 좋아한 나머지 왕궁 근처에 골프장을 만들면서 한 개의 파3홀에 직경 1m 홀컵을 만들었다. 상상도 못할 대형 홀컵소식이 외부에 전해지면서 기자들이 취재차 몰려왔다. 왕은 질문에 답하면서 "홀의 구멍이 크면 스코어가 잘 나와서 좋고 홀인원이 가슴을 설레게 만든다. 그리고 진행이 빨라서 골프장 운영에도 도움이 된다."고 했다. 그렇다면 홀컵을 2m로 했으면 더 좋았을 것 아니냐고 한 기자가 비아냥대자 왕은 "홀을 더 크게 만들 것도 생각해 봤지만 홀컵이 너무 크면 볼을 들고 나오는 데 시간이 걸려 진행에 문제가 많다."며 껄껄대며 웃었다는 에피소드가 있다.

현재 골프장들이 사용하는 홀컵도 애당초 더 커질 수 있는 수가 있었다.

스코틀랜드의 프로골퍼 2호인 톰 모리스는 1863년 세인트 엔드루스 올드 코스의 그린관리 책임자로 임명되었다. 당시 그는 골프클럽을 만드는 기능공이었으나 브리티시오픈에서 4번이나 우승을 하면서 골프를 근대화시킨 공로자이기도 했다. 그는 당시 골프장의 홀컵으로 사용되던 토관이 낡자 상수도용 철제 관으로 교체를 했다. 지금의 홀컵 사이즈 10.8cm는 당시 철재관의 직경이었으며 홀컵의 기준으로 탄생된 순간이었다. 만약 그가 보다 큰 철제관으로 바꾸었더라면 홀컵의 운명도 달라졌을지 모른다.

이렇게 수백 년을 흘러오면서 전 세계 골프장들의 홀컵은 수많은 골퍼들의 애환이 담기면서 홀컵 사이즈에 대한 논란이 끊이지 않았다.

1933년 월터 하겐, 바비 존스와 함께 당시 미국의 골프계를 이끌었던 진 사라젠은 골프의 불합리성을 바탕으로 홀컵을 20cm로 늘리자고 제안했다. 하지만 동시대에 구성(球聖) 소리를 듣던 바비 존스는 "흥미로운 게임이 되기는 하겠지만 골프는 아닐 것이다."라고 말해 홀컵 사이즈에 대한 논란은 주춤했다.

이후에도 홀컵 사이즈에 대한 논란은 계속돼 PGA투어에서 활약하고 있는 선수들의 일부가 이에 동참하기도 했지만 PGA관계자는 물론 상위랭커 프로선수들의 부정적인 견해에 밀려 더 이상 진전을 보지 못한 채 수면 아래로 가라앉고 말았다.

최근 38cm의 홀컵 사이즈가 뭇 골퍼들의 관심의 초점이 되고 있다. 골프 소식에 의하면 미국 노스케롤라이나의 샌드 힐스라는 골프장에서 60여 명의 골퍼가 실험에 참가하기 위해 모였다. 목적은 대형 사이즈의 홀컵을 사용할 때 골프 게임이 얼마나 달라지는가를 확인하기 위해서였다.

진행은 빨라질까, 초보자들에게 매력적일까, 실력 있는 골퍼들이 좋아할까 싫어할까?

대회는 느긋하게 진행되었고 커다란 구멍의 홀컵 때문에 티샷을 실수해도 골퍼들은 불안감이 없었다. 그린에서 라인을 읽는다고 법석을 떨지도 않았으며 18홀을 도는 데 3시간 10분밖에 안 걸린다는 점이 긍정적이었다.

미국에서 기침하면 한국은 감기 걸린다는 우스갯 말이 있다. 얼마 전 인천 스카이72 골프장은 20cm 홀컵을 만들어 놓고 "빅 홀컵"이란 이벤트를 열었다.

홀컵이 특별히 조성된 곳은 레이크 코스 4번 홀, 클래식 코스 17번 홀, 오션코스 12번 홀이었는데 동반자 4명이 모두 버디를 하면 그린피 전체를 면제해 주고 3명이 버디를 했을 경우 팀의 그린피 절반을 그리고 두 사람만 버디를 하면 팀 그린피의 20%를 할인해 주기로 했다고 한다.

조건을 붙인 것을 보면 아무리 홀컵이 커도 누구나 다 버디를 할 수 없음을 말해주는 것 같았다. 이벤트성 골프대회를 과감히 도입하여 재미있는 게임으로 제공할 수 있다는 것은 앞서 가는 골프장만이 할 수 있는 용기가 아닐 수 없다.

바운스 백 이야기

요즘 골프중계방송을 시청하다 보면 간혹 해설자로부터 바운스 백이란 생소한 골프용어를 접한다. 진행되고 있는 경기상황으로 보아 무슨 의미인지 대충 짐작은 가지만 정확한 뜻을 알고 싶어 사전을 들춰보니 바운스 백(Bounce back)이란 패배나 실패를 딛고 일어서거나 경기, 주가 등이 살아나는 것으로 적혀 있었다.

얼마 전 PGA투어 마지막 대회인 크라이슬러 챔피언십에서 최경주가 우승을 했다. 투어 통산 4승을 올린 그는 대회 3일째 되는 날 파5인 첫 홀에서 기분 좋은 이글로 산뜻한 출발을 했다.

다음 홀로 이어진 버디에 자신도 모르게 흥분이 됐는지 그는 다음 홀에서 아쉽게 보기를 하고 말았다. 골프를 치다 보면 누구나 자신도 모르게 긴장하여 심적인 압박을 받을 때가 있다. 주말골퍼가 모처럼 필드에 나와서 첫 홀에서 버디를 하든지 아니면 서너 홀을 파 행진을 하면 특히 그렇다. 그러다가 어처구니없는 실수를 하면 그것이 한번으로 끝나지 않고 연속된다는 것이다.

특유의 뚝심을 발휘한 최경주는 심기일전하여 다음 홀에서 다시 버디를 낚으면서 재기의 발판을 마련했다. 이러한 것을 바운스 백 능력이라고 한다. 위기의 순간을 기회로 반전시켜 성공했다는 뜻이다.

요즘 프로골프대회를 보면 날이 갈수록 대회본부 측이 의도적으로 코스를 어렵게 만들어 심리적으로 선수들을 옥죄게 만든다. 따라서 한 번의 실수는 심리적으로 경기흐름의 맥을 끊어놔 전세회복이 쉽지 않다. 하지만 승부욕이 강하고 집중력이 뛰어난 선수들은 자신의 실수를 금방 털어버리고 다음 홀에서 승기를 잡아 역전의 발판을 만든다.

지금도 기억이 생생한 금년 PGA챔피언십에서 타이거 우즈가 그랬다. 대회 3일째, 그는 13번 홀에서 15번 홀까지 연속 버디를 엮어냈다. 3홀 연속 버디를 하고난 우즈는 378야드의 짧은 파4인 16번 홀에서 롱아이언으로 티샷을 날린 뒤 쉽게 온그린시켜 8m의 버디퍼트를 남겨 놨다. 그러나 골프 황제인 타이거 우즈도 네 번째 버디 기회를 앞두고 이를 의식한 나머지 3퍼트를 하고 말았다.

골프코스는 16번 홀부터 마의 홀이라고 한다. 골프코스 설계자들은 마지막 3홀을 남겨두고 홀을 어렵고 까다롭게 만들기 때문이다. 다음 17번 홀은 198야드의 물을 건너가는 파3 홀이었는데 그 날따라 핀이 물 가까이에 꽂혀 있어 선수들에게 부담을 주는 아주 까다로운 홀이었다. 하지만 전 홀에서 버디 기회를 놓치고 보기를 한 우즈는 8번 아이언으로 볼을 핀에 붙여 버디를 함으로서 "한 번의 실수는 있을 수 있지만 두 번의 실수는 없다."는 자신의 좌우명을 여실히 보여주었다. 전형적인 바운스 백 능력을 보여준 것이다. 결국 그는 17번 홀의 버디를 승기로 잡아 그 전주에 있었던 디 오픈에 이어 메이저 연속우승이라는 금자탑을 이루었다.

생소한 골프용어를 설명하다 보니 이야기가 길어졌지만 골프란 알면 알수록 재미있고 깊이가 있는 운동임을 깨우쳐 준다.

가짠데요

요즘 국내 경기가 어렵다는 데 유독 면세점들은 호황을 누린다는 소식이다. 중국관광객들이 통큰 구매로 면세점의 명품브랜드를 싹쓸이해 가기 때문이란다. 인간의 명품에 대한 욕망은 누구나 같은 모양이다.

나도 직장에 다닐 때 골프를 치면서 갖고 싶었던 골프채가 있었다. 켈러웨이였다. 하지만 당시 특별소비세와 명품브랜드 가치로 가격이 무려 삼백만원에 육박해 월급쟁이로서 엄두를 내지 못했다. 능력 있는 목수는 연장을 탓하지 않는다는 말을 위로삼아 다른 중고채를 사서 썼다. 캘러웨이는 중고도 내 차례는 없었다. 그만큼 인기가 있었던 것이다.

이후 거의 20년 동안 골프를 치면서 나는 하루도 켈러웨이를 잊어본 적이 없었다. 늘 짝사랑만 했다. 1999년 직장을 은퇴하고 나서 내가 가장 먼저 하고 싶었던 것은 캘러웨이 골프채를 사는 일이었다.

꼭 사고 싶어서 골프숍의 문턱이 닳도록 드나들었지만 잘 나갈 때도 못 샀던 것을 백수가 되고 나서는 더 살 용기가 나지 않았다.

대신 아내에게는 캘러웨이 골프채를 사주었다. 대리만족을 한 셈이다. 그리고 얼마가 지났다. 강남에서 친구를 만나고 돌아오는 길에 버스정류장 근처에서 중고채 전문점을 발견했다.

밖에서 기웃거리다가 나도 모르게 가게로 끌려 들어갔다. 중고채가 산더미 같았다. 한가하게 앉아 신문을 보던 주인이 객을 반긴다.

별로 시간에 쫓기지 않던 터라 이것저것 돌아보던 중 한 골프채에 눈길이 멈췄다. 캘러웨이였다. 모델을 살펴보니 2년~3년쯤 된 것 같았다. 아직도 내게는 켈러웨이 골프채에 대한 미련이 남아 있었던 모양이다.

짝사랑하던 여인을 본 듯 설레는 마음으로 아이언 7번 그립을 가만히 잡아보니 손에 딱 들어오면서 온기가 느껴지는 것 같아 흥정을 했다. 맘씨 좋아 보이는 주인은 내가 제시한 값을 흔쾌히 받아들였다. 비록 남이 쓰던 중고이긴 했지만 평소 갖고 싶었던 골프채를 이렇게 사게 되리라는 것은 상상도 하지 못했다. 요즘 말로 기분짱이었다.

그런데 값을 막 치르려고 하자 주인양반하는 말이 황당했다. "그 채 가짜 같은데요." 한다. "아니, 가짜면 가짜지 같은데요는 뭐요? 흥정을 다 해놓고." 나도 모르게 목청을 높였다. "아, 그게 무슨 말이냐 하면……." 하며 주인이 애써 하는 말이 골프채를 너무 정교하게 만들어서 그런지 정확히 알 수는 없지만 가짜 같은 냄새가 풍긴다는 것이었다. 그러니 나중에 딴소리하려거든 사지 말라고 퉁긴다. 오히려 그 말이 충동구매를 부채질하는 것 같아 얼른 값을 지불했다. 짝퉁인 줄 알면서 굳이 사려는 사람들의 심정을 알 것도 같았다.

며칠 후 나는 친구들과의 골프 약속에 그 채를 처음 들고 나갔다. 갖고 싶었던 채라 그런지 아이언샷이 그렇게 손에 짝짝 붙을 수가 없었다. 골프를 칠 때마다 친구들과 내기를 하면 돈을 따서 골프채 값을 뽑고도 남았다.

이후 미국에 갈 때 가지고 갔다가 골프를 치고 딸집에 두고 온 가짜 골프채가 지금도 가끔 생각이 난다.

골프요? 즐기세요

"**골프요?** 즐기는 겁니다. 그냥 즐기세요."

얼마 전 최상호가 인터뷰를 하면서 기자들이 어떻게 하면 골프를 잘 칠 수 있느냐고 묻자 거침없이 한 말이다. 국내 43승의 한국골프의 전설이자 지존인 그가 지천명의 나이에도 불구하고 젊은 선수들과 함께 어깨를 나란히 하며 필드를 누비는 까닭이기도 하다.

요즘 우리 주변에서는 '즐긴다'는 말이 유행이다. 프로야구에서 2000개의 탈 삼진을 기록한 한화의 손진우 투수는 야구선수들에게 즐기듯 경기를 하라 했고 혼혈가수 인순이 또한 가수는 무대에서 노래를 즐기듯 불러야 한다고 말했다. 그들은 하나같이 자기 분야에서 성공한 스타이자 영웅들이다. 즐긴다는 말은 이들처럼 자기 분야에서 성공한 사람만이 할 수 있는 말이기에 일반인들에게는 쉽게 가슴에 와 닿지 않을 뿐만 아니라 때론 사치스럽게 들릴 수도 있다.

우리 사회에서 즐기라는 말이 둥지를 틀기 시작한 것은 2002년 서울월드컵 때가 아닌가 생각한다. 당시 축구국가대표팀 감독이었던 히딩크가 승부욕에만 집착하다 실수가 잦은 한국선수들을 심리적으로 안정시키기 위해 축구를 즐기라고 주문한 말이 결국 선수들로 하여금 월드컵 4위라는 기적을 낳게 했다.

공자는 말하기를 아는 것은 좋아하는 것보다 못하고 좋아하는 것은 즐기는 것만 못하다고 했다. 무엇을 즐기려면 우선 경험에 의한 심리적인 여유와 최소한의 경제적인 뒷받침이 있어야 한다.

PGA투어에서 타이거 우즈의 경기하는 모습을 보면 아무리 긴장되고 다급한 상황에서도 골프를 즐기며 풀어 나간다. 국내 프로골프선수들도 이젠 골프를 즐기는 것부터 배워야 롱런할 수 있다는 전문가들의 말에 귀를 기울일 필요가 있다. 경기에서 승리는 물론이고 선수생활도 오래 지속할 수 있기 때문이다.

어려서부터 엄한 부모 밑에서 오로지 승부에만 집착하며 싸움닭으로 성장해 온 한국프로선수들은 무엇을 어떻게 해야 즐기는 것인지 잘 모른다. 프로선수들의 수명이 짧은 이유다. 하물며 주말골퍼들은 더 말할 나위가 없다. 일상에 쫓겨 골프를 자주 못 치다가 모처럼 필드에 나와 대자연의 분위기에 주눅들고 진행에 쫓기다 보면 골프를 즐긴다는 말은 생뚱맞기만 하다. 골프를 즐길 수 있는 요령을 적어본다.

첫째, 무엇보다 자신의 핸디캡에 맞는 골프에 만족할 줄 알아야 한다. 평균 90대를 치는 사람은 처음부터 아예 파를 잊고 보기를 자신의 파로 생각하고 경기를 해야 한다. 미국의 골프심리학자들은 주말골퍼들이 파를 하려고 덤비는 것 자체가 무모한 욕심이라고 말했다.

둘째, 미스샷을 당연하게 받아들인다. 골프는 안 맞는 것이 정상이다.

셋째, 항상 동반자를 배려하고 그들의 샷에 칭찬과 격려를 아끼지 않는다. 그래야만 골프를 즐길 수가 있다.

핸디 8타 줄이는 데 54년이나 걸려

골프가 많은 사람으로부터 사랑을 받는 운동으로 자리매김한 이유 중에 하나는 잘 치는 사람이나 못 치는 사람이 같이 어울려 칠 수 있는 매력 때문인지도 모른다. 그 매력이 핸디캡이다. 핸디캡은 아마추어골퍼들의 기량을 측정치로 나타내는 수자를 말한다.

이는 모든 아마추어골퍼들이 동등한 수준에서 경기를 할 수 있도록 해주기 위한 방식이다. 탁구를 칠 때 몇 점을 접어주는 것이나 당구를 칠 때 자신만의 당구성적을 정해 놓고 치는 경우와 같다.

그러다 보니 주말골퍼들이 핸디캡을 신고할 때 정직하지 못한 것 때문에 시비가 생기기도 한다. 핸디캡이란 자신이 평소 자주 칠 수 없는 스코어가 되어야 한다는 말도 있다. 우리나라 주말골퍼들의 핸디캡은 수시로 변해 고무줄 핸디라는 말이 생겨나기도 했다. 내기할 때 더욱 그런 현상을 보인다. 외국 사람들은 우리나라 아마추어골퍼들이 자신의 핸디캡 보다 낮은 스코어를 치는 것을 이해하지 못한다.

"자! 지금부터 시상식을 거행하겠습니다. 우선 사전에 양해를 구할 것은 오늘 모임에 모처럼 참석한 모씨는 자신의 핸디캡보다 8언더를 쳤는데 5언더만 인정하기로 한 규정에 따라 안타깝게도 시상에서 제외되었음을 알려드립니다. 그 사람의 인품(?)을 고려해서 누구라고 발표는 안 하겠습니다. 하하." 어느 골프모임에서 총무가 한 말이다.

우리나라 골프모임에서 가끔 볼 수 있는 장면이다. 미국의 한 핸디캡 전문가의 말을 빌리면 평소 자신의 핸디캡에 3타 정도를 더 치는 것이 정상이라고 한다.

미국골프협회(USGA)의 핸디캡제도는 단순히 하루만의 스코어로 핸디캡을 정하는 것이 아니라 라운드를 20번하고 그 중 성적이 좋은 10개를 골라 그것의 96%를 기준으로 계산한다고 한다. 그렇게 하면 대체적으로 자신의 핸디캡에서 3타 정도를 오버해서 분포하게 된다는 것이다. 즉 핸디캡 16의 골퍼는 88타에서 94타 사이의 스코어를 치는 것이 정상이라고 한다.

그러한 논리에서 본다면 핸디캡인 88보다 1타 적은 87타를 칠 수 있는 가능성은 20%에 불과하고 3타 정도 낮게 칠 수 있는 확률은 20라운드에 한번 정도라고 한다. 시상식에서 사회자가 언급한 핸디캡에서 8타를 줄이려면 핸디캡이 정확하다는 전제하에 1138대 1의 햇수로 따져 54년이 걸린다는 계산이 나온다. 우리나라의 골퍼들이 볼 때 황당하다고 하겠지만 골프란 그만큼 잘 치기보다는 오히려 잘 못 치는 것이 당연하다는 말이다. 따라서 자신의 핸디캡보다 낮게 치면 오해받을 소지가 있으니 항상 핸디캡에 정직해야 한다.

기온이 10도 내려가면 한 클럽 더 길게 잡는다

아침 식사를 하다가 문득 날씨가 10도 낮으면 한 클럽을 크게 잡으라는 행크 헤이니의 말이 떠올랐다. 그는 주말골퍼들에게 골프 치는 날 기온이 평소보다 10도 이상 내려가면 무조건 한 클럽 크게 잡으라고 했다.

기온차가 생기면 몸이 위축되고 유연성이 떨어짐으로서 제 스윙을 다하지 못할 뿐만 아니라 날씨의 영향으로 볼이 저항을 받아 비거리가 나지 않는다는 것이다.

한때 타이거 우즈의 골프스승이기도 했던 그가 한 말이 하필이면 왜 이제야 생각이 나는지 모르겠다. 그래서 골프를 망각의 운동이라고 한 모양이다.

어제 나는 고교동창 골프모임이 있어서 원주의 파크뷰 골프장에 갔다. 영동고속도로를 달려 골프장에 도착하니 3월 말 날씨 치고는 쌀쌀했다. 원주의 명산인 치악산자락에 자리하고 있어서 그런지 평지와 기온차가 나는 것 같았다. 산에서 불어오는 찬바람이 옷속을 파고들어 몸을 웅크리게 만들었고 귀와 손마저 시려 샷을 하는데 어려움이 따랐다. 집에 두고 온 귀마개와 보조장갑 생각이 간절했다.

높은 산악지대라 그런지 봄은 봄인데 아직 봄은 아니었다. 골프장에 오면서 혹시나 해서 내복을 갖고 온 것이 그나마 다행이었다.

사실 지난 주만 해도 초봄 치고 너무 날씨가 따뜻해 한낮의 기온이 20도를 오르내리자 사람들은 이상난동이라며 법석을 떨었다. 을씨년스러운 날씨 탓인지 드라이버와 우드는 비거리가 제대로 나가지 않았고 특히 아이언샷은 평소보다 한 클럽씩 짧았다. 애꿎은 볼만 탓하며 유난을 떨었다. 추위에 몸이 움츠러들고 손이 시렵다보니 숏게임마저 안 돼 보기하기가 버디하듯 힘들었다.

후반에 들어가니 날씨가 풀리면서 볼이 좀 맞았다. 골프를 마치고 친구들과 헤어져 돌아오는 길에 아무리 생각해 봐도 원인을 알 수 없었다. 그런데 하루가 지난 다음 날 아침에서야 그 원인을 찾았다. 기온이 10도 차가 나면 무조건 한 클럽 크게 잡아야 한다는 것을 깜빡했던 것이다.

A형은 짧게 B형은 길게

우연한 기회에 박세리의 인터뷰기사를 읽다가 우연히 그의 혈액형이 O형인 것을 알게 되었다. 박세리가 승승장구할 때라 혹시 골프와 혈액형의 상관관계가 있지 않을까 하는 의문이 생겼지만 아직까지 그러한 얘기를 들어 본 적이 없어서 더 이상 생각하지 않았다.

며칠 전 서울에 다녀오다가 지하철역 구내 책 할인코너를 지나게 되었다. 전시된 수많은 책 중에 골프관련 책이 얼핏 눈에 들어왔다. 호주의 골프영웅인 그렉 노먼이 쓴 책이었다. 골프 책 같은 전문서적이 할인코너에까지 진출한 것을 보니 요즘 위축된 경기의 단면을 보는 것 같았다.

골프 책을 만나니 반가웠다. 나는 반값에 귀한 책을 횡재한 셈이다. 내용이 재미있어 버스를 타고 집에 오는 도중에 이미 책의 3분의 1을 읽었다. 한때 세계 골프계를 주름잡았던 위대한 프로골퍼가 현역시절 세계 최고의 선수들과의 고독한 싸움을 이겨내며 땀을 흘렸던 수많은 실전경험이 주된 내용이어서 실감이 났다. 삽화와 함께 쓴 내용 또한 신선했고 샷의 기법에 대한 다양한 표현이 재미있어 책장이 쉽게 넘어갔다.

그가 현역시절 필드에서 펼쳤던 공격적인 코스공략법이나 멘탈은 나에게 또 다른 골프교훈으로 다가왔다.

필드에 나가 라운드를 하다 보면 골퍼들은 가끔 클럽선택의 어려움을 겪는다. 파3홀에서 특히 그런 경우가 생긴다. 예측할 수 없는 기상조건 속에서 골퍼들의 클럽선택은 그 날의 스코어를 좌우한다.

나는 골프를 배우는 사람들에게 늘 한두 클럽 길게 잡고 치는 방법을 십년 넘게 가르쳐왔다. 실제 필드에서 효과를 봤기 때문이다. 그런데 어떤 사람은 똑같은 상황에서 클럽을 길게 잡지 않고도 좋은 결과가 나오는 것을 보고 의문이 생겼다. 이번에 우연히 구입한 그랙 노먼의 책에서 그 해답을 찾을 수 있었다.

필드에서 샷은 감각적으로 하는 것이 가장 바람직하지만 그것이 안되면 자신의 성격을 감안해서 골프클럽을 선택하는 것이 최선이라고 그는 적고 있다. 참을성이 적지만 과감한 A형의 성격이라면 짧은 클럽을 선택하여 평소 하던 대로 강한 샷을 하는 것이 좋다고 했다.

톰 왓슨 같은 A형인 선수가 이에 해당되며 그는 항상 짧은 채로 과감한 샷을 하여 효과를 봤다고 한다. 반면 벤 크랜쇼 같은 혈액형이 B형인 선수는 한두 클럽 길게 잡고 여유 있게 스윙을 한다고 했다. 다른 혈액형에 대한 언급이 없어서 아쉬웠지만 일단 필드에서 샷을 하면서 자신의 성격이나 혈액형까지 감안해야 한다는 것은 새로운 발견이었다.

쇠징 골프화의 향수

어제는 창밖에 눈발이 날렸지만 눈은 지면에 닿기도 전에 흔적도 없이 사라져 다소 안심이 되었다. 내일 있을 친구들과의 골프약속 때문이었다. 눈은 골프의 적이다. 눈이 오면 볼에 눈이 묻어서 퍼팅을 할 수가 없다. 눈보다는 차라리 비가 낫다.

덕평 CC의 페어웨이는 아직 여기저기 잔설로 인해 발이 미끄러웠다. 팅그라운드는 양잔디로 되어 있어 겨울에도 그럴듯하게 파란색을 유지하고 있었지만 타석에 깔아 놓은 매트가 얼어서 자칫 티샷하다가 삐끗하면 부상을 당할 염려가 있었다. 특히 요즘 플라스틱스파이크 골프화는 바닥이 미끄러워 조심스럽다.

겨울에는 쇠징 스파이크가 제격이다. 이미 골프장에서 퇴출당해 모습을 감춘 지 오래 됐지만 호랑이 이빨처럼 생긴 쇠징은 우리나라처럼 겨울이 긴 나라에서는 안성맞춤이다. 쇠징이 플라스틱스파이크로 바뀐 것은 약 20년 전이다. 사계절 겨울이 없는 미국 서부지역에서 시작됐다는 플라스틱스파이크는 미국의 전국 골프장을 주도하면서 한국에도 상륙을 했다. 미국에서 기침하면 한국은 감기 걸린다는 우스갯소리가 있듯이 미국서 플라스틱스파이크 소문이 전해지자 어느새 국내 골프장들은 골퍼들이 오랫동안 사용해 오던 쇠징 골프화의 사용을 갑자기 금지시켜 혼란에 빠트렸다.

하지만 상황이 바뀌다보니 골퍼들은 라커에서 돈을 주고 바꾸어 낄 수밖에 없었다. 우리나라와 기후조건이 비슷한 미국동부지역은 달랐다고 했다. 겨울철에 티샷을 하다가 부상의 위험이 따른다는 지적에 따라 골퍼들의 선택에 맡기고 강요는 하지 않았다고 한다. 그러나 일단 가을 잔디에 불 붙듯 세계 각지로 퍼져 나간 플라스틱스파이크로 인해 쇠징은 골프역사의 뒤안길로 사라졌고 지금은 골프박물관에서나 찾아 볼 수 있는 시대적 유물이 되고 말았다.

쇠징은 인체 건강에도 도움이 된다고 했다. 필드에서 걷다보면 쇠징은 땅에서 지열을 인체에 전달하는 역할을 한다는 것이다. 또한 그린을 보호하는 데도 한몫을 한다고 했다. 그런데 쇠징이 바뀌게 된 실제 배경을 보면 그린보호차원보다 클럽하우스의 시설물, 즉 바닥이나 층계에 깔려 있는 양탄자를 보호하기 위한 조치였다는 웃지 못할 이야기도 전해진다. 쇠징이 양탄자를 상하게 한다는 것이다.

골프화는 골프역사와 함께 진화되어 왔다. 스코틀랜드에서는 구두 위에 가죽 끈을 칭칭 동여 메고 골프를 쳤던 것이 골프화의 시초였다. 이후 샤챠라는 사람이 구두 밑바닥에 20개의 돌기가 있는 혁대를 발끝 아킬레스건에 걸도록 만들어 인기를 끌었다. 요즘처럼 구두밑

창에 스파이크를 붙이기 시작한 것은 1880년 세인트 엔드루스에서 골프용품 가게를 하던 도널드 선즈라는 사람이며 그는 자신의 골프화로 대박을 터트렸다고 한다.

골프화 바닥에 징수가 많았던 것이 흠이었지만 쇠징 골프화의 원조였던 셈이다. 페어웨이에 아직 눈이 남아 있는 골프장에서 친구들과 골프를 치다가 문득 옛날 쇠징 골프화가 생각나서 몇 자 적어봤다.

3라운드 체질에서 벗어나야

LPGA투어 골프중계방송을 시청하다 보면 우리 속담의 도토리 키재기란 말이 생각난다. 리더보드상단의 선수들 성적이 거의 한 타 차 밖에 안 나기 때문이다. 그만큼 투어선수들의 실력은 백중지세로 종이 한 장 차이다.

최근 LPGA투어에서 태극낭자들의 활약이 대단하다. 대회 때마다 두세 명씩은 꼭 톱10에 이름을 올린다. 얼마 전 프랑스에서 열린 에비앙스 마스터스 대회에 이어 영국에서 열린 여자브리티시오픈에서 최나연과 김송희는 첫날부터 선두를 달려 시청자들로 하여금 우승의 기대에 부풀게 했다. 허나 그들은 마지막 날 4라운드의 벽을 넘지 못하고 주저앉아 보는 이를 안타깝게 했다. 그럴 때마다 나는 대회가 3라운드였으면 얼마나 좋았을까 하는 엉뚱한 생각을 해 본다.

20세 전후의 나이 어린 한국여자선수들은 국내대회를 평정하고 미국으로 건너갔다. 처음 얼마 동안은 젊은 패기와 의욕으로 버티면서 간혹 우승도 하지만 거듭해서 대회에 참가하다 보면 체력은 고갈되고 심적 부담은 늘어나 대회 마지막 날 버티지 못하고 주저앉는 경우가 허다하다. 국내에서 열리고 있는 대부분의 KLPGA투어를 보면 메이저를 빼고는 거의가 3라운드로 경기를 치르기 때문이다.

현실적으로 3라운드 대회에 익숙해진 선수들에게 한 라운드의 추가는 심리적으로나 육체적으로 엄청난 부담이 되는 것도 사실이다. 국내여자프로골프협회가 일본식 투어를 벤치마킹해 온 것은 아닌가 하는 생각이 든다.

일본에서는 대부분 3라운드로 경기를 치른다. 국내 대회를 3라운드로 하는 것은 스폰서가 많은 비용 안 들이고 홍보효과를 올릴 수 있으며 대회를 치르는 골프장들 또한 주말에 회원들의 불만을 해소시킬 수 있기 때문이라고 한다. 선수들 입장에서 3라운드만 뛰고 우승상금을 차지할 수 있으니 누이 좋고 매부 좋은 식이다.

하지만 이는 우물 안 개구리와 같다. 골프대회는 국내에만 있는 것이 아니다. 골프대회 4라운드는 세계적인 추세다. 세살 버릇 여든 간다는 말이 있듯이 사람은 습관적인 동물이다. 다생습기(多生習氣)라고 한번 몸에 밴 습관은 여간해서 바뀌지 않는다. 따라서 KLPGA는 한국여자골프의 백년대계를 위해 국내투어를 4라운드로 바꾸었으면 하는 바람이다.

골프클럽은 꼭 14개여야만 하나?

"**어서 오세요.** 여행은 잘 다녀오셨고요?"

"네, 덕분에요. 사이판에 갔다가 남편이랑 골프를 쳤거든요. 난생처음 그것도 외국에서 말입니다. 어휴, 생각만 해도 떨리고 상상이 안 돼요. 선생님이 하라는 대로 골프채는 5개만 갖고 가서 티샷은 우드 5번으로 하고 세컨드샷은 7번 아이언으로만 쳤는데 처음엔 공이 안 맞아서 속상했어요. 나중에는 그런대로 좀 맞더군요. 공이 날아가는 게 너무 신기한 거 있죠. 남편이 골프를 잘 배웠다고 하더군요. 재미있고 즐거웠어요. 교수님, 감사합니다. 호호호……."

내가 평생교육원에서 골프를 가르칠 때였다. 하루는 한 여성이 찾아와 한 달 동안만 골프를 가르쳐 달라고 했다. 한 달 뒤 사이판으로 여행을 떠나는 데 남편이 골프를 배우라고 했다는 것이다. 한때 7번 아이언을 잠시 배운 적이 있지만 오래 전 일이라 처음부터 다시 해야 할 것 같다고 했다. 나이는 30대 후반쯤 돼 보였다.

나는 어이가 없어서 그를 물끄러미 쳐다보았다. 그는 자기가 예뻐서 그런 줄 알았는지 얼굴에 홍조를 띤다.

골프란 그렇게 속성으로 할 수 있는 운동이 아니라고 나는 완곡하게 거절했다. 한 달 동안 매일같이 하면 몸을 상할 수 있기 때문이었다. 하지만 그는 막무가내였다. 소문을 듣고 찾아왔으니 제발 좀 가르쳐달라는 것이었다.

결국 시키는 대로 할 것을 다짐받고 그가 여행을 떠나기 전까지 개인레슨프로그램을 만들어서 해주기로 했다.

우선 골프의 기본자세와 그립을 가르쳐주고 퍼터와 피칭웨지부터 시작했다. 7번 아이언은 빈 스윙으로 피니시 동작만 하도록 하니 백스윙은 자연이 되면서 볼을 맞출 수 있었다. 티샷은 드라이버 대신 5번 우드를 택했다. 5번 우드는 각이 21도이기 때문에 치기가 쉽다.

그는 열심히 배웠다. 여행을 떠나기 전날 나는 그에게 골프채는 5개만(5번 우드, 7번 아이언, 피칭, 샌드 그리고 퍼터) 가져가라고 당부했다. 시킨 대로 한 그는 남편과 해외에서 좋은 추억거리를 만들었다며 즐거워했다.

골프 룰에 따르면 골프클럽은 14개로 규정하고 있다. 골퍼가 깜빡해서 한 개를 더 갖고 경기를 하면 반칙한 홀마다 2타, 한 라운드 최대 4타의 패널티를 받는다. 그만큼 골프클럽에 대한 골프 룰은 엄격하다.

골프클럽이 14개로 정해진 것은 1936년이라고 한다. 당시만 해도 골프클럽에 대한 규정이 없던 터라 선수들은 클럽에 제한을 받지 않

있다. 로슨 리라는 선수는 클럽을 32개나 갖고 경기를 해서 1934년과 35년을 연속해서 미국아마추어골프대회를 석권했다. 드라이버만 6개(슬라이스용, 혹용, 맞바람용 등)였으며 우드는 5개, 아이언은 18개에 웨지, 샌드, 퍼터까지 골프백이 너무 무거워 불만을 터뜨린 캐디는 추가 캐디피를 청구할 정도였다.

이것을 계기로 미국골프협회는 영국골프협회와 협의 끝에 골프클럽을 14개로 제한하기로 하고 미국은 1936년에, 그리고 영국은 1939년부터 실시했다.

물론 정교한 샷이 요구되는 프로선수들이나 스크래치골퍼들에게는 14개의 골프클럽이 필요하겠지만 주말골퍼들은 그것도 많을 때가 있다.

라운드를 하다 보면 골퍼들은 클럽선택에 어려움을 겪는다. 망설임은 미스샷의 주범이다.

요즘 나는 간혹 필드 약속이 있으면 골프채를 팍 줄여서 드라이버, 3번 우드, 그리고 아이언은 4번, 6번, 8번 그리고 피칭, 샌드, 퍼터 등 8개만 갖고 간다. 골프를 자주 안 치다 보니 몸의 유연성이 떨어지고 필드감각이 없어 아이언마다 주어진 제 거리를 못내기 때문에 한 클럽씩 크게 잡겠다는 생각에 짝수 아이언을 택한 것이다.

솔직히 말해서 골프채를 줄인다는 건 쉽지 않은 일이다. 하지만 잘 치겠다는 욕심만 버리면 어려울 것도 없다. 골프클럽의 종류와 개수는 골퍼나 골프코스에 따라 달라질 수 있다. 미국에서는 5개의 클럽만으로 시합을 하는 이벤트도 있다고 한다.

아무튼 필드에서 클럽 수자가 적으면 골퍼는 클럽 선택의 여지가 없어 샷에 대한 창의력이 생긴다. 배수의 진을 쳤으니 내기를 해도 유리하다.

대자연의 푸른 초원에서 맑은 공기를 마시며 좋아하는 사람들과 골프를 즐기려면 클럽은 가능한 적을수록 좋다.

섣부른 스윙교정이 화를 부른다

주말골퍼들은 골프가 잘 안 되면 레슨프로를 찾아가 진단을 받는다. 어떤 프로는 핵심적인 것만 지적해서 볼이 맞도록 해주는가 하면 전반적으로 스윙교정을 하려드는 레슨프로도 있다. 하지만 스윙교정은 생각처럼 그렇게 녹녹치 않다.

프로에 진출하자마자 신인으로 3승을 올리면서 차세대 스타로 예견됐던 김경태가 올들어 성적이 저조해 팬들을 실망시키고 있다. 그는 시즌이 끝나고 동계훈련을 하면서 드라이버샷의 비거리를 늘리기 위해 스윙교정을 했다는 소문이다.

프로선수라고 해서 스윙이 완벽한 것은 아니다. 천하의 타이거 우즈도 그동안 자신을 키워준 스승인 부치 하몬과 결별하고 행크 헤이니라는 새로운 선생을 만난 것도 나이가 들어가면서 변하는 신체에 맞는 스윙을 찾기 위한 궁여지책이라고 한다.

결국 그는 스윙을 바꾸고 좋은 결과를 얻었지만 한때 드라이버샷의 페어웨이 안착률이 40%대까지 내려가는 어려움을 겪기도 했다.

지난 해 김경태가 국내투어에서 보여준 드라이버의 샷은 3백야드에 가까웠으며 방향성 또한 정확해 페어웨이 안착률이 70%를 오르내렸다고 한다. 그 정도라면 평균 비거리가 286야드인 미국 PGA투어에서도 통할 수 있는 실력이다. PGA투어에서 300야드를 넘게 때리는 선수들이 많지만 골프는 장타보다 정확도에 있다. 정확도는 몸에 익혀진 자신감 있는 스윙에서만 가능하다.

나의 골프지도 경험에 의하면 스윙교정을 하면 연습장에서는 잘 맞다가도 필드에 나가면 순간 옛날 샷이 되살아난다.

지난 5월 초에 있었던 2008년도 매경오픈 마지막 날, 김경태는 선두그룹을 유지하다가 10번 파4홀에서 오비를 내면서 무려 8타를 쳐서 우승권에서 멀어지고 말았다.

브리티시 오픈을 6번이나 우승했고 오버랩핑 그립의 창시자인 해리 바든은 골프를 배우고 나서 7일이면 이미 스윙은 몸에 밴다고 했다. 한번 몸에 밴 스윙습관은 여간해서 바뀌기 어렵다는 말이다. 골프 스윙뿐만 아니라 세상의 모든 일이 그렇듯 기존 틀을 바꾼다는 것은 많은 고통이 따르기 마련이다.

남아연방의 골프전설 게리 플레이어는 한창 젊은 나이에 자신의 스윙을 바꾸기 위해 2년 동안 투어활동을 접고 연습에만 몰두한 뒤 생애 162승이라는 대기록을 세웠고 호주의 백상어인 그랙 노먼 역시 젊은 시절 자신의 스윙을 교정하기 위해 하루 2천5백 개의 볼을 쳐 위대한 선수가 되었다는 일화가 있다.

영국의 닉 팔도 또한 스윙을 바꾸기 위해 하루에 2천 개의 볼을 치고 나니 손가락이 펴지지 않아 수영으로 풀었다고 한다. 기존 스윙습관을 없애기 위해 2년의 세월을 버린 게리 플레이어의 결단이나 시간당 300개씩 하루에 8시간의 피나는 연습을 통해 스윙을 바꾼 그랙 노먼의 각고의 노력은 그들이 골프전설이 되거나 영웅칭호를 듣는 이유다.

이처럼 이미 몸에 밴 스윙은 고치기가 여간 어렵지 않다. 짧은 기간에 스윙을 교정하겠다는 어처구니없는 발상은 자신의 골프를 망가뜨린다.

오빠 삼삼해

골프에는 내기가 따른다. 스코틀랜드의 양치기들이 막대기로 동물들이 해변 풀밭에 파놓은 구멍에 작은 돌멩이를 넣는 게임에서 진화됐다는 골프는 스포츠이기 전에 게임이라고 말하는 사람이 많다.

승패를 가늠하는 게임에서 내기는 사람들의 승부근성을 자극한다. 프로는 직업이라 내기를 하고 아마추어는 심심해서 한다. 핑계 없는 무덤이 없다.

"자! 그냥 치면 심심하니까 우리 스킨스나 해서 캐디피나 만들자고. 각자 6만원씩 내서 매홀 이긴 사람이 만원씩 빼먹는데 트면 무조건 캐디피다. 파3 4개 홀에 니어 핀까지 22장에 나머지 2장은 첫 버디하는 사람에게 보너스다. 오케이?"

골프장에만 오면 바람잡이로 통하는 꺽정이가 첫 홀에서 자신이 법을 정하고 동반자들의 동의도 없이 돈을 걸으려 하자 옆에 있던 길동이 "난 핸디가 높으니까 좀 깎아주라." 하며 만원짜리 다섯 장을 내놓는다. "핸디 같은 소리하네. 다 같이 늙어가는 처지에 핸디는 무슨 핸디. 나도 요즘 골프를 안 쳤거든!" 꺽정이가 눈을 부라리자 머쓱해진 길동은 마지못해 배추잎 한 장을 더 내민다. 동반자들은 박장대소다.

돈을 다 걷은 꺽정이 "이거 갖고 있다가 매홀 이긴 사람에게 한 장씩 주고 트면 10장 모아서 자네하게." 하며 캐디에게 돈을 맡긴다.

스킨스만큼 부담 없는 게임도 없다. 실력이 처지면 좀 적게 내고 실력이 세면 좀 더 내서 일단 22개를 만든다. 매홀 이긴 사람이 만원씩 빼먹는데 적게 낸 사람은 한 홀을 못 먹어도 별로 억울할 게 없다. 캐디피를 냈다고 생각하면 된다.

운좋게 한 홀이라도 먹으면 남는 장사다. 트는 홀이 많아 공평하지만 잘 치는 사람의 독식을 막기 위해 별도의 오이시디 장치가 있다. 자신이 낸 돈의 절반을 찾아가면 즉각 벌금장치가 발동을 한다. 오비나 벙커, 스리퍼팅 그리고 트리플을 하면 자신이 먹은 돈에서 만원 한 장을 토해내는 것이다.

룰은 정하기 나름이지만 한 홀에서 몇 개의 벌금을 한꺼번에 내도록 하는 경우도 있지만 대개 벌금은 만원 한장이다.

멀쩡하게 잘 치던 사람도 일단 오이시디에 해당되면 샷이 흔들려 헤맨다. 먹은 돈을 내놓지 않으려고 바둥거리다 실수를 하기 때문이다. 골프를 안 쳤다고 엄살을 떨던 꺽정이 제일 먼저 낸 돈의 절반을 찾아가자 길동은 즉각 오이시디에 가입됐음을 알린다. 그 소리를 듣자마자 꺽정은 파3홀에서 갑자기 티샷을 물에 빠뜨리고 3퍼팅을 하고 말았다. 해저드, 3퍼트, 그리고 트리플로 한 홀에서만 3개의 벌칙을 범한 꺽정은 얼굴이 벌게지면서 만원만 내놓는다. 첫 홀에서 당한 분이 아직도 안 풀렸는지 길동은 한 홀의 벌칙 수만큼 몽땅 다 내놓기로 긴급동의를 하자 벌금을 낸 것도 억울한데 두 장을 더 내놓으라는 길동의 말에 꺽정은 말도 안 된다고 항변을 하면서 성질이 급한 나머지 말을 더듬는다. 캐디가 이를 보고 있다가 "오빠 삼삼해 하면 되지 뭘 그렇게 더듬으세요?" 하며 거들자 꺽정은 캐디가 자기 보고 삼삼하다는 줄 알고 얼굴을 붉힌다.

"아이고 오빠도 참! 오는 오비고 빠는 빵카, 스리퍼팅과 트리플은 각각 3개 오버니 삼삼, 해는 해저드니까 오빠 삼삼해 이 말입니다. 착각하지 마셔요." 하고 설명을 곁들이자 모두들 배꼽을 잡는다. 동반자들이 희희낙락하는 사이 하루해가 저물고 있었다.

제5장

골프에 얽힌 이야기

골프채를 강물에 버린 사나이

어둑어둑 땅거미가 질 무렵 김포대교를 건너 서울로 향하던 승용차가 다리 중간에 멈춰 섰다. 차에서 내린 사내는 한동안 노을진 하늘을 물끄러미 바라보더니 작심한 듯 갑자기 차 트렁크에서 골프채를 꺼내 흐르는 강물에 통째로 던져 버렸다.

그 날 그는 김포에 있는 한 골프장에서 골프를 치고 오던 중이었다. 볼이 얼마나 안 맞았으면 그랬을까 하는 생각에 같은 골퍼로서 연민의 정이 느껴졌다. 4년 전 일이다.

주말골퍼들이 필드에 나가서 골프를 치다 보면 첫 홀부터 오비가 나면서 하루종일 볼이 안 맞는 날이 있다. 처음 한두 홀은 그냥 넘기지만 홀을 거듭할수록 샷은 나아지지 않는데다가 내기로 죽을 쑤다 보면 온몸의 피가 거꾸로 솟는 것 같아 자신을 통제하기 어려워진다. 시쳇말로 뚜껑이 열려 스트레스가 이만저만이 아니다.

골프는 단지 게임일 뿐 볼이 안 맞는다고 세상의 종말이 오는 것도 아니라며 동반자들은 위로의 말을 하지만 실제 그런 상황에 부닥뜨려 보지 않은 사람은 그 심정을 잘 모른다.

며칠 전 한국오픈 마지막 날 한국골프의 신동이라는 노승열은 선두를 달리다가 후반 한 홀에서 티샷을 오비내면서 더블보기를 하자 볼을 연못으로 던져 버려 뭇 사람들의 눈길을 끌었다. 얼마나 화나고 속상했으면 그랬을까? 다음 홀에서 그는 새 볼로 경기를 계속했다. 한강에 골프채를 던져 버렸던 사람도 일주일을 채 넘기지 못하고 골프채를 다시 사서 골프를 쳤다고 들린다. 골프는 도박과도 같아 한번 맛들이면 쉽게 그만둘 수 있는 운동이 아닌 것 같다.

스코틀랜드의 작은 도시 카누스티에 살고 있던 프로골퍼 토미 아머는 골프에 염증을 느낀 나머지 기차를 타고 철교를 건너다가 갑자기 골프채를 송두리째 창밖으로 던져버렸다.

테이강을 끼고 있는 카누스티는 이렇다 할 특징이 없는 작은 도시지만 그곳의 카누스티 골프장만은 스코틀랜드에서 유명하다. 어렵기로 소문이 났기 때문이다.

바다를 끼고 있는 황량한 벌판의 자연 상태를 살려 만든 좁은 페어웨이와 무릎이 빠질 정도의 긴 러프, 단단하고 빠른 그린, 방향을 종잡을 수 없는 바람 그리고 깊은 항아리 벙커는 선수들에게 악명이 높다.

그런 이유 때문인지 20세기 들어 거의 20년 동안 한번도 그곳에서 브리티시오픈이 열리지 않았다. 그것이 오히려 카누스티 출신의 프로선수들을 세계로 진출시키는데 큰 공헌을 한 셈이 되었다.

전 세계로 뻗어나간 카누스티 출신 프로선수들은 골프에서 위대한 업적을 남겼다. 그 중에서도 가장 두드러진 사람이 토미 아머였다. 골프에 염증을 느낀 나머지 철교를 건너다가 기차창문 밖으로 골프채를 던져버렸던 바로 그 사람이다. 결국 그도 골프채를 다시 잡고 1931년 20년 만에 처음으로 고향 카누스티에서 열린 브리티시 오픈에서 우승을 했다.

그 후 그는 제1차 세계대전에서 독가스 때문에 한쪽 눈의 시력을 잃고 미국으로 건너가 티칭프로가 되었다. 한동안 그의 이름을 딴 골프클럽이 유명했으며 그의 손자 토미 아머 3세는 지금 미국 챔피언스 투어에서 이름을 날리고 있다. 하지만 그 유명한 토미 아머가 스코틀랜드 출신이라는 것을 아는 사람은 별로 없는 것 같다.

골프장이 770개가 된다는데

앞으로 5년 후면 우리나라도 골프장이 770개가 된다고 한다. 현재 공사를 하고 있거나 건설을 추진하고 있는 것까지 합치면 그렇다는 얘기다. 지금 국내에서 운영되고 있는 골프장은 퍼블릭 골프장까지 합쳐서 약 340개라고 하니 두 배가 훨씬 넘는 셈이다.

2만 개에 육박하는 미국이나 3천 개의 일본과는 비할 바가 못 되지만 워낙 산이 많고 국토의 면적이 좁은 국내 실정을 감안하면 엄청난 수자임에 분명하다. 그동안 골프장이 부족하여 골프에 목말라하던 사람들에게는 가뭄에 단비처럼 반가운 소식이 아닐 수 없다.

하지만 꿈에 그리던 골프천국이 현실로 나타나면 골퍼들은 과연 신이 날까? 천만의 말씀일 것이다. 하지 말라고 하면 죽기 살기로 기를 쓰다가 정작 하라고 멍석 깔아 놓으면 시들해지는 것이 인간의 속성이다.

수요는 많고 공급이 부족해 골프비용이 천정부지로 오를 때에는 태국 등 동남아로 몰려나가 골프를 치던 사람들도 그린피가 싸지고 마음만 먹으면 언제든지 골프를 칠 수 있는 환경이 조성되면 과연 과거처럼 골프에 연연할까?

요즘 한국은 골프인구가 는다고 하지만 실제 골프장의 가용인구는 줄어서 골프장들이 울상이다. 2년 전 미국에서 몰아닥친 국제금융위기도 원인을 제공했을 것이다. 그동안 잘 나가던 콧대 높은 골프장들의 호객행위가 골프방송 자막에 부킹정보로 뜨면서 더욱 이를 뒷받침하고 있다. 과거에는 상상조차 하지 못했던 일이다. 설상가상인 것은 시대의 변천에 따른 골프 인구층이 젊어지는 것도 골프장들에게는 보이지 않는 악재가 아닐 수 없다.

전문가들에 의하면 우리나라의 골프장 가용인구 중에서 30~40대가 차지하는 비중이 63.5%라고 한다. 골퍼들이 서서히 세대교체를 하고 있다. 젊은층이 과연 비싼 골프비용을 감당할 수 있느냐는 것이 현재 우리나라의 골프장들이 당면한 문제다.

골프의 매력에 빠진 젊은이들이 한 달에 한 번 겨우 필드에 나가는 것도 힘든 터에 아내들마저 함께 치자고 덤비는 통에 골프채 잡기가 겁난다고 한다. 오히려 아내가 돈도 없는 주제에 무슨 골프를 치느냐고 바가지를 긁는 편이 낫다고 하소연이다.

최근 들어 스크린골프가 젊은이들에게 인기가 있는 것도 같은 맥락이다. 더군다나 수십 년 동안 골프장들을 먹여 살렸다고 해도 과언이 아닌 골프 1세대인 60-70대 사람들은 요즘 대부분 골프를 안 친다. 경제적인 이유도 있겠지만 비거리가 줄면서 골프에 재미를 못 느끼거나 동반자를 구하기가 힘들기 때문이다.

골프전문가들은 현재 국내골프 인구를 수용하는데 필요한 골프장은 대충 500개 정도면 된다고 했다. 그러다 보니 앞으로 예상되는 770개의 골프장 중에 약 200개 이상은 운영에 문제가 있을 것이라는 이야기다.

그러한 사정을 누구보다 잘 알고 있는 국내 골프장들은 위기가 코앞인데도 아직 정신을 못 차리고 어떻게 하면 골퍼들의 호주머니를 털 수 있을까 궁리만 하는 것 같아 입맛이 씁쓸하다.

매도 먼저 맞는 게 낫다는 옛말이 있다. 솔선수범해서 그린피를 먼저 내리고 정부로부터 세금혜택을 받는 것이 현명한 방법이 아닐까 생각해 본다.

헬기 타고 티샷하러 간다

하루는 신문에 재미난 골프 기사가 났다. 남아연방에 있는 레전드 골프&사파리 리조트라는 골프장에 파3홀이 있는데 거리가 무려 631m나 되며 팅그라운드는 427m의 산정상 절벽 위에 자리하고 있어 세계에서 유일한 파3홀이라고 했다. 물론 이 홀은 정규코스는 아니다. 골프장 측이 이벤트성으로 만들어 놓은 특별한 홀로서 골퍼들이 티샷을 하려면 산꼭대기에 있는 팅그라운드까지 헬기를 타야만 한다고 했다. 아마 그곳은 카트가 헬기로 둔갑을 한 모양이다. 골프와 헬기? 아무리 생각해 봐도 상상이 안 되는 일이다.

아주 오래 전 호랑이 담배피던 시절, 경기 북부에 있는 한 골프장에서 인근부대에서 훈련을 한다며 갑자기 페어웨이에 헬기를 착륙시켜 골프 치던 사람들이 혼비백산했다는 이야기는 들어본 적이 있지만 골프장 측이 이벤트성 골프를 위해 헬기까지 동원한다는 말은 금시초문이다. 물론 외국의 사례이긴 하지만 최근 순수한 골프가 상업화에 물들어가는 것 같아 마음이 씁쓸하다.

헬기의 사용료는 얼마이고 하루에 몇 번 뜨고 내리는지 그리고 골프채는 몇 개를 들고 타야 하는지 많은 궁금증이 나의 호기심을 자극한다. 한편 이 홀에 걸린 행운의 홀인원상이 무려 100만 달러라고 했다. 골프대회에서 홀인원상이 크면 클수록 확률이 없는 것은 상식이다. 하지만 불가능을 가능하게 만드는 것이 골프의 특성이라고 볼 때 거리가 길다고 해서 홀인원이 나오지 말라는 법은 없다.

100만 달러의 홀인원 행운을 잡기 위해 프로선수를 포함한 수많은 골퍼들이 도전을 하고 있다는 소식이다.

이번에 631m라는 사상 초유의 이벤트성 파3홀을 만들어 세상을 놀라게 한 남아공의 레전드 골프&사파리 리조트사는 세계적인 유명 프로선수 18명을 초청하여 각자에게 한 홀씩 설계를 맡김으로서 정규 18홀을 탄생시켜 유명해졌다. 한국의 최경주선수도 초청받아 17번 홀을 디자인하여 자신의 홀로 명명했다고 한다.

필드의 요강

요즘 요강을 아는 젊은이는 많지 않을 듯싶다. 요강이란 방에 두고 오줌을 누는 용기를 말한다. 옛날 우리나라에 아파트가 없던 시절 일반주택에서는 방에 요강을 두고 살았다.

화장실이 밖에 있어서 밤에 나가기가 싫으면 방에서 요강에 소변을 봤다. 주로 노인들이나 여성 그리고 어린이가 사용했다.

요강은 패트병 2개 반 분량인 약 5리터 용량의 물이 들어갈 정도의 둥글게 만들어진 용기로 놋쇠나 도자기 또는 사기로 만들어졌다. 산업화 바람을 타고 우리나라에 아파트가 우후죽순 격으로 생겨나면서 실내에 화장실이 생겼다. 그러고 보니 아파트의 화장실은 옛날 우리 조상들이 방에서 애용하던 요강이 진화된 것 같은 생각이 든다. 자신의 고유 역할을 마감한 요강은 이제 시대의 뒤안길로 사라져 골동품으로서 진가를 발휘하고 있다.

화장실 얘기가 나왔으니 말이지만 우리나라 사람들의 화장실 문화는 서양에 비해 특이하다. 특히 남성들의 생리현상 해결은 신출귀몰하여 장소불문하고 아무 데서나 해결하려는 습관이 있다. 어렸을 적에 아이들이 오줌이 마렵다고 하면 부모들이 아무 데서나 바지를 내린 버릇 때문이 아닐까?

3살 버릇 여든 간다고 그러한 습관은 대를 이어져 자식세대인 지금도 못 말린다. 특히 술이라도 한잔 걸치는 날이면 가관이다. 그들의 눈에는 세상천지가 화장실로 보이는 모양이다.

골프장이라고 다르지 않다. 자연 상태의 골프코스는 골퍼들에게 오픈된 화장실이나 다름이 없다. 골프코스 중간 그늘집에 화장실이 골퍼들의 생리현상을 해결해 주고 있지만 대부분 골프를 치다가 쉬가 마려우면 다음 그늘집까지 갈 까닭이 없다.

어느 골프잡지를 보니 미국의 한 비뇨기과 의사가 골프를 치다가 생리현상 때문에 애를 먹고 나서 이를 해결하기 위한 방법으로 발명품을 만들었다.

골프 치다가 갑자기 오줌이 마려우면 돌아서서 쉬를 하고 나서 화장실에 버리도록 아이언 7번 정도의 샤프트에 소변을 담는 방수 처리된 긴 용기를 달아 놓은 것이다. 우리 돈으로 약 5만5천원이라고 하는데 골퍼들에게 얼마나 많이 팔리고 또 인기가 있는지 알려진 바는 없다. 문화의 차이란 알다가도 모를 일이다.

그들이 돌아온다

아마 재작년인 듯싶다. 나는 미국에만 가면 당장 떼돈을 벌기라도 하듯 미국으로 가는 한국여자 프로골프선수들에 대해서 '금광 찾아 미국으로'라는 제목의 칼럼을 쓴 적이 있다.

옛날 미국개척시대에 미국으로 이민 와서 힘들게 살아가던 유럽 사람들이 서부에서 금이 발견됐다는 소문을 듣고 너도나도 서부로 서부로 이주하던 과정에서 숱한 난관에 부딪쳤던 이야기를 LPGA투어로 향하는 한국여자선수들에 비유해서 쓴 글이다.

미국이라는 나라는 자본주의가 발달한 자유민주주의 국가이다. 누구나 실력만 있으면 경쟁해서 돈을 벌 수 있다. LPGA투어 역시 세계 여자 프로골프선수들에게 문호가 개방되어 있어 누구나 실력만 있으면 참가해서 우승하고 상금을 탈 수가 있도록 되어 있다. 박세리와 김미현이 좋은 예다.

하지만 말이 쉽지 여건은 호락호락하지 않다. 우선 투어에 참가하기 위한 비용이 만만치 않다. Q스쿨을 통과하기 위한 참가비도 과거보다 두 배 가까이 올랐다. 한 사람의 선수가 LPGA투어에 들이는 비용은 대회 참가비, 숙식에 따른 호텔비, 지역 간 이동항공료에 코치료 및 기타 잡비 등을 합치면 연간 약 20만 불이 넘는다고 하니 대회에 나가 톱10에 들어야 겨우 투어생활을 유지할 수가 있다. 스폰서가 없으면 당장 어려운 실정이라고 한다.

현재 미국 LPGA투어에 진출해 있는 우리나라 여자선수들이 46명이라고 하니 그들이 한 해에 미국에 갖다 뿌리는 돈은 어마어마해서 그들이 LPGA로부터 거둬들이는 상금에 비할 바가 못된다. 대국적인 입장에서 LPGA가 한국 여자선수들을 환영하지 않을 까닭이 없다.

프로는 상금을 쫓는 장사꾼이다. 장사꾼은 영리해야 한다. 누울 자리를 봐가며 뻗으라고 했다. 아무리 시장이 크고 먹을 게 많아도 실력이 없으면 헛일이다. 특히 한국의 태극낭자들이 최근 활기를 띠자 금년부터 LPGA투어는 코스의 길이와 난이도를 높임으로서 한국선수들의 우승에 걸림돌이 되고 있다는 것이 전문가들의 말이다.

매년 LPGA에서 우승을 자주 했던 한국선수들의 우승소식이 뜸한 것도 그런 이유가 아닌가 생각된다.

LPGA투어는 더 이상 한국여자 프로선수들의 관광코스가 아니다. 스스로 수입과 지출을 따져보고 우승전망이 없다고 판단되면 하루라도 빨리 보따리를 싸는 것이 현명하다. 무모한 도전은 도전이 아니다. 차라리 일본투어에서 뛰는 것도 방법이다.

한국과 가까울 뿐만 아니라 3일짜리 대회가 많아 미국보다 유리하다. 최근 한국여자 프로선수들이 일본에서 두각을 나타내고 있는 이유이기도 하다. 국내투어도 이젠 옛날과 다르다. 능력만 있으면 얼마든지 기회는 있다.

연못이 깊었더라면

지난 월요일에 끝난 금년도 LPGA 메이저 크래프트 나비스코 챔피언십은 그야말로 한편의 드라마였다. 대회 마지막 날 한국의 유선영은 김인경의 30cm 챔피언 퍼트를 실수하는 통에 연장전 첫 홀에서 버디를 하면서 감격의 메이저 우승을 거머쥤다. 그는 우승을 하자 캐디와 함께 18번 홀 근처의 챔피언 연못에 뛰어들어 우승의 기쁨을 만끽했다.

매년 나비스코 대회의 챔피언은 물에 뛰어드는 우승세리모니를 연출해 주변에 몰려 있는 갤러리들에게 볼거리를 제공하는 전통이 있다. 이 전통은 1991년 20회 대회에서 우승을 한 에이미 앨코트가 기쁨에 못 이겨 갑자기 연못에 뛰어드는 해프닝을 벌림으로서 시작됐다. 이후 주최 측은 챔피언 연못(Poppies pond)이라고 이름짓고 우승세레머니의 관례를 만들어 우승자로 하여금 물에 뛰어들도록 했다. 미국인들 특유의 흥행기법이 아닐 수 없다.

그렇게 시작된 나비스코 챔피언십의 우승세레머니는 매년 대회 마지막 날 빼놓을 수 없는 빤짝 행사로 자리잡았다. 재미있는 것은 대회본부 측에서 미리 연못의 물을 깨끗하게 정화시켜 놓고 타월가운을 미리 준비하는 등 우승자에 대한 배려와 예우를 소홀히 하지 않는다는 사실이다. 그런데 금년에는 챔피언 연못이 예년보다 맑아지고 깊어졌음을 TV중계화면을 통해 볼 수 있었다. 작년도 우승자인 미국의 스테이시 루이스가 가족들과 함께 연못에 뛰어들다가 모친이 다리가 부러지는 불상사를 당했기 때문이다.

대회본부 측은 금년에 특별히 점프 존(Jump zone)을 만들어 시멘트로 바닥을 고르고 물을 맑게 함으로서 다시는 우승의 뒤풀이로 인해 그와 같은 사고가 나지 않도록 했다고 한다.

근데 매년 크래프트 나비스코 챔피언이 물에 뛰어드는 장면을 볼 때마다 늘 풀리지 않는 의문이 있었다. 11년 전 에이미 앨코트가 대회에서 우승을 하고 나서 물에 뛰어들 때 과연 그는 연못의 깊이를 미리 알고 있었을까 하는 점이다. 그렇지 않고서야 아무리 우승의 기쁨을 주체할 수 없었다 하더라도 물의 깊이도 모른 채 물속으로 뛰어들 수는 없기 때문이다.

프로골퍼들의 스트라이크

최근 국내에서 프로골퍼들의 스트라이크 조짐이 있었다. 지난 4월 27일 한국프로골프협회(KPGA)의 소속프로선수들이 국내메이저인 칼텍스 매경오픈 대회와 원아시아(One Asia) 투어 참가를 거부하려 했기 때문이다. 물론 그들에게 그만한 사연이 있었겠지만 자칫했으면 한국에서 프로골퍼들이 투어대회를 보이코트하는 골프역사상 초유의 사건으로 기록될 뻔했다.

대회참가 거부로까지 이어질 뻔했던 선수들의 불만은 아시아에서 새로운 투어로 탄생한 원아시아 투어가 다수의 신규대회를 창설한다는 출범 당시의 취지와 달리 기존대회를 흡수함으로서 국내프로선수들의 입지가 좁아졌다는 것이며 또한 투어 측이 당초에 약속한 국내프로선수들의 대회참가 인원을 60명에서 57명으로 줄이려고 했기 때문이라는 것이다.

예상하지 못한 프로선수들의 집단행동으로 인해 국내 메이저가 반

쪽짜리 대회로 전락할 뻔했지만 주최 측인 대한골프협회(KGA)의 강경한 입장고수와 프로선수들의 소속회사 그리고 스폰서들의 강력한 개입으로 대회가 파행으로 가는 것만은 막을 수 있어 다행이었으며 그나마 한국의 김대현이 매경 칼텍스에서 우승을 차지함으로서 주최 측의 체면을 살렸다.

프로골퍼는 필드에 있어야 한다는 말이 있다. 투어에 참가해야 상금으로 먹고 살기 때문이다. 그러려면 실력을 쌓는 길밖에 없다. 요즘 국내대회는 총상금액이 커지면서 주최 측이 흥행차원에서 비싼 경비를 써가며 외국의 유명선수들을 불러들인다. 프로선수들에겐 그래서 국경이 없다.

원아시아 투어만 해도 그렇다. 실력 있는 선수들에게 성공의 기회를 주겠다는 것이 그들의 기본원칙이라고 한다면 열심히 노력하여 대회에 나가 우승을 하면 된다. 선수는 모든 것을 실력으로 보여주면 되는 것이다. 원아시아가 한국을 포함한 아시아 국가들로부터 호응을 받은 이유는 아태지역에 분포된 다양한 투어를 하나로 결집하여 선수들에게 보다 나은 경기력을 펼칠 수 있도록 환경을 조성하기 때문이다.

특히 호주PGA와 일본투어(JGTO)도 대화를 진행 중이라고 하니 앞으로 그들 나라가 합류한다면 체계적인 조직화 등으로 투어이미지는 달라지고 사업 규모도 커질 것으로 전망되고 있다.

어제 끝난 원아시어 투어 SK 텔레콤오픈대회를 홍콩스타 TV에서 중계를 하고 있는 것이나 대회우승자에 대한 세계랭킹이 참고되는 것도 같은 맥락이다. 아직 국내남자 투어는 상금규모 면에서 열악하여 국내여자프로대회와 비교조차 안 되고 있는 실정이다. 메이저인 매경 칼텍스 오픈에서 우승한 김대현이 받은 상금만 보더라도 같은 기간에 제주에서 열렸던 KLPGA투어 러시앤캐시의 우승상금보다 조금 웃돌았다. 겨우 메이저의 체면을 살렸다.

　세상에 남자프로골프대회의 상금이 여자프로대회보다 적은 나라는 대한민국밖에 없을 것이다. 국내프로선수들은 더 이상 이기적인 목소리만 높일 것이 아니라 대회에 나가 우승할 수 있는 실력을 쌓는데 힘을 기울여야 할 것이다.

노캐디 골프장이 생겼답니다

지난 토요일 오후, 친구아들 결혼식이 있어 강남에 있는 한 예식장을 찾았다. 오후 3시의 늦은 혼례 때문인지 하객들은 축의금을 내기가 바쁘게 식권을 받아들고 피로연식당으로 직행했다. 나는 식권을 받아들고 식당으로 갔다. 혼례는 아직 시작도 하지 않았는데 식당은 하객들로 만원이다. 나는 길게 늘어선 줄에 끼어 음식을 담아들고 빈자리를 잡아 막 식사를 하려던 참에 옆자리의 대화소리에 귀가 쫑긋했다. 옆에는 세 사람이 일행인 듯 식사를 하고 있었다.

"맹사장! 지난 10월 23일 제주도에 있는 〈더 윈〉이라는 골프장이 새로 개장을 했다는구먼. 근데 그곳은 노캐디 골프장이래. 들어 봤나?"

젓가락으로 연실 음식을 입으로 나르던 나이 지긋한 사람이 일행인 듯한 40대에게 말을 건다.

"처음 듣는데요. 회장님! 앞으로 골프장들의 캐디가 줄어들 것 같다는 이야기는 들어 봤지만. 제주도라고 했던가요? 육지에서 그런 소리는 아마 없지요?"

배가 고픈지 그는 건성으로 대답하면서 연실 먹기에 바쁘다.

"국내에서 캐디 없는 골프장 운영이 과연 가능할까? 수십 년 동안 캐디에게만 의존해온 골퍼들도 골퍼지만 시간이 돈이라고 진행을 위해 캐디로 하여금 골퍼들을 양떼 취급해온 골프장들이 캐디 없이 운영이 되겠어? 괜히들 하는 소리지."

회장이라는 사람은 여전히 노캐디 제도에 관심을 표명하면서 이야기를 이어 나갔다.

"처음엔 대개 그렇게들 시작하지만 그게 오래 가겠어요? 골프장보다 캐디 없으면 골퍼들이 더 큰 문제일 텐데요."

40대는 노캐디 제도에 대해서 아직 부정적인 듯하다.

"맞아요. 포천에 있는 한탄강CC도 처음엔 그랬어요. 그 골프장 회장이 처음엔 캐디 없는 골프장을 만들겠다고 큰소리쳤지만 결국 얼마 가지 못했죠. 골퍼들이 캐디 없이 어떻게 골프를 치느냐고 항의가 많았고 캐디 없다고 부킹을 취소하자 결국 골프장 측은 두 손 들고 여성 대신에 젊은 남자를 캐디로 썼지요. 골퍼들은 그마저 마뜩찮아 했답니다. 캐디는 여자라야 한다는 거죠. 아마 제주도의 〈더 원CC〉도 그런 전철을 밟지 않겠어요?"

아무 소리 없이 음식만 먹던 또 다른 일행이 구체적으로 한 마디 보탠다.

"나도 한탄강CC 개장 때 공치러 갔던 기억이 나지만 그때 캐디가 없으니까 골프가 더 잘 맞던데? 아무튼 제주도에 생긴 골프장의 노캐디 제도는 국내 골프장의 새로운 변화를 몰고 올 것은 틀림없을 거야."

회장이라는 사람은 한탄강 골프장 이야기가 나오자 옛날 생각이 나는지 "그럼, 우리 어디 두고 보자." 고 한 마디 하면서 긍정적인 결론을 내린다. 나는 식사를 하다 말고 그들을 흘낏 쳐다보니 얼굴은 하나같이 검게 그을려 있었으며 두 손의 색깔 또한 짝짝이인 것으로 보아 골프마니아임에 틀림이 없었다.

요즘 신규 골프장들이 늘어나면서 기존 골프장들은 새로운 활로를 찾기 위해 혈안이 되고 있다는 소식이다. 노캐디 문제는 계속 화두로 떠돌아다니지만 별다른 움직임은 없다. 오히려 일부 골프장들은 캐디피를 올려서 골퍼들 사이에 말들이 많다. 과연 우리나라에서 캐디 없는 골프장이 존재할까?

양파보다 더한 오류

　주말골퍼인 아마추어들에게 파3홀은 생각보다 어렵다. 한번 샷을 미스하면 파 잡기가 쉽지 않기 때문이다. 급한 마음에 쫓겨 규정타수의 2배인 6타를 간단히 치고 나서 캐디에게 트리플보기라고 말하면 "더블 파 아니어요." 하면서 왜 트리플이라고 하느냐는 표정이다. 캐디뿐 아니라 아직도 많은 아마추어들은 한 홀에서 규정타수의 배를 더블 파로 말한다. 요즘은 더블 파가 양파라는 우리말로 바뀌어 웃음을 나게 만든다.

　나도 친구들을 따라다니며 골프를 배우다 보니 더블 파란 말이 입에 뱄다. 내기를 하면서 더블 파 이상은 없다고 하는 통에 으레 그런 줄 알았다. 그러다가 하루는 골프 고수인 선배와 골프를 치다가 더블 파에 대한 이야기를 듣게 되었다.

　더블 파(Double par)란 골프용어가 아닌 일본사람들이 만들어낸 말이라고 했다. 따라서 파3홀에서 6타를 치면 트리플(Triple)보기라고 해야 되고 파4홀에서 8타를 치면 쿼드루플(Quadruple)보기이며 파5홀에서 10타는 퀸튜플(Quintuple)이라고 그는 소상히 가르쳐주었다. 그리고 골프용어를 제대로 알고 말하는 것과 뜻도 모르고 남이 하는 대로 따라하면 실수를 하게 되니 조심하라고 했다. 특히 사업상 골프를 칠 때에는 상대에게 엉터리 골프용어는 사용하지 않는 게 좋다고 알려주었다. 잘못된 골프용어를 사용하면 상대로부터 인품을 평가절하당한다는 것이다. 그 날 이후 나는 엉터리 골프용어 사용을 멀리해 왔다.

며칠 전 모일간지 스포츠난에 최경주가 PGA투어 크라운 프라자 인비테이셔널 3라운드에서 '양파'를 했다는 토픽기사가 났다. 해당 홀의 그림까지 곁들였다.

선수의 스코어는 기록일 뿐 흉이 아니다.

프로선수라고 해서 늘 파나 버디만 하라는 법은 없다. 살아있는 전설 아놀드 파머 같은 대 선수도 PGA투어 35회 LA오픈 첫날 파5홀에서 12타를 친 기록이 있다. 지금도 LA에 있는 란초 팍 골프장에 가면 18번 홀 티박스 옆에 기념비를 볼 수 있다. 유명한 선수들도 자칫 방심하다가 집중력을 잃으면 눈 깜짝할 사이에 실수를 한다. 그것이 골프다.

최경주가 한 홀에서 6타를 쳤다고 해서 언론이 흥미위주로 근거도 없는 엉터리 골프용어를 들이대며 독자들을 현혹하는 것은 잘못된 골프문화를 호도하는 것이나 다름이 없다.

스코틀랜드의 발포어 교수는 "어떠한 이유에서도 골프용어만은 제

멋대로 변경해서는 안 된다. 언어는 신성한 전통이며 정신을 전달하는 유일한 수단이기 때문이다."라고 말했다. '양파'에 대해서 쓴 기자는 기사 말미에 파4에서 8타를 쳤을 경우 공식용어는 Quadraple 보기라고 독자들에게 친절히 안내하고 있었지만 그 쿼드래플이 쿼드루플(Quadruple)의 오기(誤記)이기를 바랄 뿐이다.

파의 유래

"골프장에서 골퍼들을 괴롭히는 게 뭔지 아세요? 드라이버? 퍼터? 해저드? 벙커? 아닙니다. 파(Par)입니다. 골퍼들은 골프장에만 나오면 고놈의 파를 잡으려다가 멍들죠. 성질납니다."

내가 강의할 때 이렇게 말하면 학생들이 웃는다.

골퍼들이 골프장에 가면 늘 잡으려고 쫓아다니는 파란 골퍼들이 한 홀을 마무리하는데 필요한 규정타수를 말한다. 즉 골프코스는 파3, 파4, 파5홀이 섞여 있다. 파3홀은 3타, 파4홀은 4타, 파5홀은 5타가 기준이라는 이야기다. 그러나 파란 말이 어떻게 만들어졌는지 그 유래를 알고 있는 사람은 별로 없는 것 같다.

파의 어원은 라틴어로 동등하다는 의미(Even)이며 탁월함의 상징성도 갖고 있다고 한다. 우리가 툭하면 이븐 파라고 하는 것은 그런 의미이다.

파가 생긴 것은 골프가 미국에 상륙하고 20년 뒤인 1908년에 미국

골프협회인 USGA가 만들었다고 한다. 그러니까 파라는 골프용어가 등장한 것은 600년의 골프역사에서 이제 겨우 100년밖에 안되는 셈이다. 그 전까지만 해도 영국에는 파라는 용어가 없었다.

골프의 고향인 스코틀랜드에서는 보기(bogey)를 파라고 했다. 보기라는 의미는 기준타수에 한 타를 더한 것이 아니라 요즘의 파와 같은 의미였다.

스코틀랜드에서는 애당초 매치플레이 방식이어서 홀당 승패로 경기를 결정지었기 때문에 굳이 타수를 따지지 않았다. 홀당 기준타수가 보기라고 정해진 것도 당시 시민들에 의해서였다고 한다.

보기는 당시 시민들에게 인기가 있었던 한 오페레타의 주인공인 '보기 맨'에서 유래되었다고 전해진다. 보기 맨은 도깨비를 말한다.

오페레타란 오페라의 막과 막 사이에 공연되었던 규모가 작고 가벼운 희극이다. 그래서 당시 시민들은 골프를 치면서 매홀 당 필요한 규정타수의 용어로 보기 맨의 보기가 적합하다고 생각했던 모양이다. 그러다가 1890년 영국에서 공식적으로 기준타수의 용어가 생겼는데 '스리 에스(SSS)'였다고 한다.

스리 S란 Standard, Scratch, Score를 줄인 말로 지금의 파와 같은 개념이다.

하지만 당시 사람들은 골프 단체가 공식적으로 정한 스리 에스보다 말하기 쉽고 이미 듣기에 익숙해진 보기라는 말을 즐겨 사용함으로서 스리 에스는 유명무실해졌고 지금은 역사의 뒤안길로 사라졌다.

미국골프협회에 의해 파가 골프의 기준타수로 정해진 초창기에 미국에서는 웃지 못할 에피소드가 있었다고 한다. 당시 영국의 골프선수들이 미국에 와서 경기를 했는데 그들이 파를 하면 자기도 모르게 평소 습관대로 보기를 했다고 말해 미국기자들은 영국선수들은 늘 보기만 한다고 기사를 썼다는 우스갯이야기가 전해진다.

골프장에 자주 못 나가는 주말골퍼들은 파를 쫓지 말고 자신의 핸디캡에 맞는 기준타수를 정해 놓고 라운드를 하면 골프가 즐겁고 재미있다.

새벽골프에는 무얼 먹어라

사람의 얼굴이 제각각이듯 살아가는 실상 또한 백인백색이다.

아침식사만 해도 그렇다. 바쁜 세상을 살아가다 보니 아예 아침은 거르고 점심을 아침 겸 해서 먹는 사람이 있는가 하면 아침을 달랑 커피 한잔으로 때우고 살아가는 사람도 있다.

나이 들어서 건강한 삶을 유지하려면 아침은 물론 삼시 세끼를 꼭 챙겨먹어야 한다는 것이 의사들의 일관된 주장이다. 아침식사가 사람의 뇌에 양분을 공급하기 때문이란다.

특히 골퍼들이 새벽골프를 나갈 때는 나이에 상관없이 아침을 꼭 먹어야 한다. 아침식사를 하지 않으면 에너지부족과 함께 몸에 탈수현상이 생긴다는 것을 골퍼들은 잘 모르는 것 같다.

굴곡진 골프코스를 걸으며 샷을 하는 골퍼들은 의외로 많은 에너지가 소모되기 때문이다.

아침식사는 포도당을 필요로 하는 뇌에 당분을 공급해 준다. 골프에서 뇌의 역할은 크다.

필드에서 페어웨이의 상태를 파악하고 바람을 계산하여 그때그때 상황에 맞는 클럽을 선택하며 그린에서 경사도를 읽는 모든 행동은 뇌의 역할이라고 한다. 따라서 새벽골프를 하면서 아침식사를 하지 않으면 몸의 균형이 깨져 샷이 제대로 되지 않는다.

몇 년 전 나는 아침을 거르고 새벽골프를 나갔다가 큰일을 당할 뻔했다. 봄철이었는데 친구와 새벽골프 약속이 되어 있어 서울근교의 남서울 골프장엘 갔다. 그 날따라 시간에 쫓기다 보니 그만 아침 먹는 것을 까먹었다.

골프장에 도착하기가 바쁘게 현관에 캐디백을 내려놓고 주차하느라 겨우 티타임에 맞출 수 있었다. 그렇게 서둘러 시작한 골프는 진행이 빠를 수밖에 없었다.

당시에는 카트가 없던 때라 업다운이 심한 골프장을 숨을 몰아쉬며 4홀을 돌고 나니 갑자기 현기증이 나면서 중도에 주저앉고 말았다. 기력이 떨어져 도저히 골프를 칠 수가 없었다. 한참을 나무 밑에 누워 있는데 정신이 혼미해지면서 아! 이렇게 골프장에서 죽는구나 하는 불길한 생각이 머리를 스쳤다.

마침 일행 중에 초콜릿을 가진 사람이 있어 다행히 원기를 회복하고 18홀을 다 돌 수 있었다. 나는 그 날의 경험을 바탕으로 새벽에 골프를 나갈 때 반드시 식사를 챙겨먹거나 여의치 않으면 초콜릿이나 간식을 꼭 갖고 간다.

다시 말하지만 새벽골프를 나가는 사람들에게 아침은 필수다. 집에서 챙겨주지 않으면 골프장 가는 도중에라도 휴게소나 클럽하우스에서 꼭 아침을 챙겨먹어야 한다. 평생 골프를 즐기려면 반드시 그렇게 해야만 한다.

깃발을 핀이라고 부르게 된 이유

골프장에는 매홀 그린마다 구멍이 뚫려 있으며 구멍마다 깃발이 꽂혀 있다. 한때는 홀의 순서를 알리기 위해 깃발에 숫자가 적혀 있었는데 요즘에는 숫자는 없고 그냥 그림만 그려진 깃발이 바람에 나부끼면서 골퍼들을 유혹하고 있다. 사람들은 깃발(Flag)을 핀(Pin)이라고 부른다.

홀마다 펄럭이고 있는 깃발의 유혹으로 수많은 골퍼들이 희로애락의 눈물을 흘렸을 것이고 지금 이 순간에도 가슴을 치는 사람이 있을 것이다.

골프의 묘미는 뭐니뭐니해도 볼을 홀컵에 넣는 데 있다. 사람들은 골프에서 퍼팅은 음과 양의 결합으로 클라이맥스에 의한 오르가슴과 같다고 했다. 며칠 전 나는 해묵은 골프자료를 정리하다가 우연히 10년 전에 스크랩해둔 신문기사 중에 '핀의 유래'에 대한 것을 발견하고 내용이 재미있어 여기에 옮겨 본다.

핀(Pin)은 골프장의 홀을 표시하기 위해 꽂아둔 깃대로 플래그스틱 (Flagstick) 또는 플래그(Flag)라고 한다. 예전에 사용했던 핀은 요즘 쓰는 것과는 상당히 다르다. 19세기 중반 무렵까지는 고작해야 1m 전후 막대기가 홀 위에 그냥 꽂혀 있어 구멍의 위치를 알려주는 홀 마커 구실만 했다.

1877년 스코틀랜드의 2호 프로골퍼인 톰 모리스는 클럽하우스를 청소하면서 헌 옷가지를 버리기가 아까워 이를 가위로 잘라 패넌트 같은 작은 깃발을 만들어 홀에 있는 나무막대기에 매달은 것이 플래 그스틱의 시초였다. 그런데 바람이 없는 날에는 깃발이 축 늘어져 멀리서 잘 보이지 않았다. 그래서 실버들나무 가지로 엮어 만든 계란형 바구니를 깃대 위에 매달아 놓으니 멀리서도 잘 보였다. 또 색깔을 칠하니 멋이 있어 각 골프장마다 이를 사용하기 시작했다.

이 무렵 영국부인들 사이에 모자를 머리에 고정시키는 부분에 둥그런 유리알이 박힌 액서사리 헤어핀이 유행을 했다. 그린에 꽂혀 있는 계란형바구니인 위커 바스켓(wicker Basket)을 멀리서 보면 헤드핀을 지면에 푹 찌른 부인들의 헤어핀과 흡사해 보이자 누군가 '헤드핀'으로 부르기 시작했다. 그러다가 나중에는 그냥 핀(Pin)으로 바뀌었다.

미국의 명문 필라델피아 메리온 골프클럽은 아직도 위커 바스켓을 사용하고 있어 플레이어들에게 명물이 되고 있다고 한다.

247년 만의 진화

요즘 골프장들은 늘어나는 데 비해 골프인구는 감소하여 경영난을 겪는 곳이 많다는 우울한 소식이다. 경기는 안 좋은데 골프장의 그린피는 내릴 줄 모르니 나이든 세대는 물론이고 젊은층까지 골프에서 등을 돌릴 수밖에 없는 것은 당연한 일이다. 골프 인구가 줄어드는 것은 우리나라만의 문제는 아닌 것 같다.

미국도 골프인구가 2005년에 3천만 명을 정점으로 매년 백만 명씩 줄기 시작해 2011년까지 4백만 명이 사라졌다고 한다. 따라서 미국도 회원제 골프장 4천4백 개 중에 15%에 해당하는 곳이 재정난을 겪고 있다는 것이다.

상황이 이 지경에 이르자 PGA투어 회장인 팀 핀첨과 골프 황제였던 잭 니클라우스가 머리를 맞대고 새로운 돌파구를 모색한 결과 그들은 18홀의 고정관념에서 벗어나 한 라운드를 12홀로 줄이자고 합의를 했다.

그동안 골프가 대중적인 운동으로 자리잡은 것은 틀림이 없지만 골프에 소요되는 시간에 대해서 비판의 목소리가 높았던 것도 사실이다. 스코틀랜드가 골프의 발상지인데도 불구하고 같은 유럽국가에서 골프가 그다지 성행하지 못했던 까닭이기도 했다. 하지만 골프는 미국이라는 거대한 시장과 명망 있는 선수들의 활약으로 인해 계속 꽃을 피워왔다. 상업화 물결에 중계방송의 역할 또한 컸다.

꽃은 지기 마련이고 오르막이 있으면 내리막도 있는 법. 미국에서 인기를 구가하던 골프가 최근 사양길로 접어들고 있다는 소식이다.

지난 해 9월 15일은 미국 노동절이었다. 잭 니클라우스는 자신이 운영하는 오하이오의 뮤어 필드 빌리지 골프장에서 특별한 골프 대회를 개최했다. 18홀 중에서 1번, 2번, 5-13번, 14홀만 뽑아 12홀 코스를 만들고 모든 홀컵의 규격을 10.8cm에서 20.32cm로 넓히는 획기적인 발상의 전환이 있었다.

대회 첫날인 일요일에는 포볼방식으로 경기를 치렀고 다음 날에는 스트로크 플레이로 경기를 진행했다. 라운드 시간은 2시간 30분으로 제한했고 정해진 시간을 넘기면 늑장 플레이로 간주해 5분마다 벌칙을 부과했다. 물론 이번 대회는 USGA와 PGA 그리고 잭 니클라우스가 합동으로 만들어낸 아이디어로 새로운 골프 붐을 일으키려는 야심찬 골프행사였다. 잭 니클라우스는 이번 대회를 개최하면서 '골프는 몇 년간 침체되어 왔다. 특히 여성이 23% 그리고 주니어가 35%나 줄었다. 지금은 골프를 더욱 발전시켜야 할 절호의 기회다.' 라고 말했다.

지금의 18홀 코스가 만들어진 것은 1764년이다. 당시 세인트 앤드루스 골프장은 홀이 11개밖에 없어서 사람들은 이를 두 바퀴 돌아 22홀로 했는데 당시 에딘버러 시당국이 도시계획에 따라서 세인트 엔드루스 골프장의 일부를 수용하겠다고 통보해옴에 따라 골프장 측은 두 홀을 포기함으로서 9홀이 됐고 R+A는 이를 두 번 도는 것을 규정화함으로서 18홀이 됐다고 한다. 골프에서 라운드란 말은 그래서 생겼다.

철학자 헤라클레이토스는 "이 세상에 변하지 않는 것은 오직 변한다는 사실뿐이"라고 했다. 골프코스가 22홀에서 18홀로 바뀐 지 247년 만에 다시 12홀로 진화하려고 꿈틀대고 있다.

티 사세요

'티' 하면 여러 가지 생각이 떠오른다. 티셔츠도 티고 마시는 홍차도 우리는 티라고 한다. 골프장에 가면 티는 더 많다. 티박스, 티업, 티오프 그리고 티타임 등 온통 티 천지다. 더해서 볼을 올려놓고치는 것도 티 패그(Tee peg)라고 하는데 줄여서 그냥 티라고 부른다.

골프장에서 티(tee)가 사용되기 시작한 것은 1920년 이후라고 한다. 그 전까지는 골프의 고향이라는 스코틀랜드는 말할 것도 없고 1888년 골프가 미국에 상륙한 이후에도 골퍼들은 제대로 된 티 하나없이 모래를 긁어 높이거나 잔디를 고추 세워 볼을 올려놓고 티샷을날렸다고 한다.

당시 골퍼들의 티샷 모습을 재현해 보이기라도 하듯 영국의 로라데이비스는 지금도 골프대회에 나가면 잔디를 세워 놓고 티샷을 날린다. 잔디를 아끼는 골프장 사장이 보면 팅그라운드의 잔디가 훼손된다고 난리가 날 것이다.

미국에 로엘이라는 치과의사가 있었다. 골프광이었던 그는 1920년 어느 날 작은 나무로 된 패그(peg)를 갖고 골프코스에 나와서 티샷에 썼는데 동반자들은 그가 선보인 물건을 보고 감탄하며 놀랐다고 한다. 예상치 못한 골퍼들의 반응에 힘을 얻은 그는 이듬해인 1921년부터 삼각형모양의 뽀족한 나무 티를 생산해 판매함으로서 일약 거부가 되었다. 골프 티의 시초라 하겠다.

이후 미국의 골프 티 메이커들은 지속적으로 티를 개발해 냄으로서 미국골프협회(USGA)로부터 공식 인증을 받아왔다. 최근에도 새로 개발된 60여 가지의 티가 협회의 공인을 기다리고 있다고 한다.

골프소식지에 따르면 미국에서 생산되는 티가 한 해에 15억 개나 팔린다고 하니 상상을 초월한 숫자에 놀라울 뿐이다.

특히 티 판매업자들이 마케팅 차원에서 쏟아내는 선전문구가 기발하다. 자신들의 티를 쓰면 볼을 똑바로 날려 보내는 것은 물론이고 비거리도 5 내지 7야드까지 늘릴 수 있다고 주장을 한다고 하니 판단은 골퍼들의 몫이다.

티 종류도 다양해서 미생물에도 분해가 될 수 있도록 옥수수로 만든 친환경 티가 있는가 하면 골프 치다가 배가 고프면 먹을 수 있는 티도 있고 골퍼들의 호흡을 편하게 해주는 향기 나는 신기술의 티도 나왔다고 한다.

단 티의 길이가 10cm를 넘는 티와 롱티와 숏티를 한데 줄로 묶어 쓰면 티샷의 방향설정으로 인정돼 골프 룰 위반이 된다고 하니 그런 티를 쓰고 있는 골퍼들은 귀담아들을 필요가 있다.

티 판매에 경쟁이 붙은 메이커들의 티 사라는 소리가 한국에까지 들려 오는 것 같다.

바른 골프용어 사용은 티칭프로의 몫

요즘 골프 채널을 자주 시청하다 보면 골프를 가르치는 사람들은 국내파와 해외파로 갈라진 느낌이 든다. 골프를 가르치는 기술보다 그들이 사용하는 골프용어 때문이다. 국내에서 골프를 배운 소위 토종이라는 티칭프로들과 미국에서 골프레슨자격증을 받은 사람들은 골프용어에서부터 차이가 난다.

티칭프로는 볼 치는 기술을 가르치는 것도 중요하지만 올바른 골프용어 또한 그들이 가르쳐야 할 덕목이다.

사실 올바른 골프용어라는 말 자체가 이상하다. 골프의 원산지는 영국이고 골프용어 또한 당연히 영어이기 때문이다. 따라서 골프용어에 대한 시비는 있을 수가 없다. 하지만 우리의 경우는 다르다. 우리나라의 골프는 영국에서 도입된 것이 아니고 애당초 일본에서 들어왔다. 일본사람들은 외국어를 자기네 실정에 맞게 변형하여 쓰는 재주가 뛰어나기 때문에 일본을 통해 들어온 골프용어 또한 많은 부분이 일본식일 수밖에 없었다.

　나이 든 사람들은 그렇다 손치더라도 젊은 세대들조차 일본식 골프 용어를 사용하고 있는 것을 볼 때마다 골프지도자의 한 사람으로 마음이 아프다.

　4월 10일 새벽에 마스터스 골프중계를 보려고 케이블방송을 켰다. 마침 중계를 시작하면서 방송캐스터가 해설위원을 아마추어골프 국가대표 코치라고 소개를 했다. 그는 해설도중 거리낌 없이 더블 파 운운하는 것이었다. 더블 파란 정규타수의 배를 더 치는 경우를 말하는 일본식 골프용어로 아마추어 주말골퍼들 사이에 스스럼없이 사용되는 말이지만 골프용어에는 그런 말이 없다.

　파3홀에서 6타를 쳤으면 당연히 트리플보기다. 뭘 그까짓 것 가지고 까칠하게 그러느냐고 하겠지만 적어도 골프지도자라면 평소에 스스럼없이 하던 말이라도 공개방송에 나와서는 가려 가면서 해야 한다.

　며칠 전 확대 개편됐다는 골프채널의 골프아카데미에 출연한 여자 프로골퍼출신은 박사학위까지 받고 대학에서 후진을 양성하면서 더블 파 또는 핸디, 싱글 등 잘못된 골프용어를 거침없이 말해 골프지도자로서의 면모를 찾아보기 힘들었다. 아마 어려서부터 아버지를 따라다니며 골프를 배운 탓이리라.

　안에서 새는 바가지 밖에서도 샌다고 했다. 미국 LPGA투어에 참가하고 있는 한국여자 선수들이 미국에서 어려움을 겪고 있는 것 중에 잘못된 골프용어도 한몫을 한다고 한다.

방송에 출연한 티칭프로는 골프용어 하나하나에 신경을 써야 하고 잘못된 것은 바로 잡아주는 것이 그들이 해야 할 역할이라고 본다. 이제 한국도 명실상부한 세계적인 골프강국이 되었다. 골프지도자라면 기본적인 용어 부분에 좀더 신경을 써야 할 것이다.

뽀미는 영원하라

뽀미는 올 한국여자 프로골프계를 석권한 이보미의 애칭이
다. 골프를 잘 칠 때나 못 칠 때나 그는 늘 웃음바이러스를 전파하고
있어 보는 이를 즐겁게 해준다.

예쁘고 앳된 몸에서 뿜어져 나오는 다부진 드라이브샷은 250야드
를 넘나들고 핀을 향해 날리는 자신감 넘치는 아이언샷은 상대선수
의 간담을 서늘하게 만든다.

내가 그를 처음 만난 것은 원통에서였다. 원통은 그가 태어난 고향
이다. 강원도에 있는 작은 도시 원통은 주변에 군부대가 많기로 유명
하다.

2년 전 나는 인제 근처 소양강 상류에 허름한 집을 하나 사서 대충
수리를 하고 그 이듬해인 2009년 봄 그곳으로 이사를 했다.

여름도 막바지였던 8월 말. 매미가 요란하게 울어대는 무덥던 날이
었다. 나는 원통에 있는 골프연습장으로 놀러를 갔다. 그곳 사람들이

마침 잘 왔다면서 점심 먹을 기회가 생겼으니 같이 가자고 나를 이끌어 따라가니 넓고 근사한 야외식당에 푸짐한 잔치상이 차려져 있었다. 처음엔 결혼식 피로연인 줄 알았다. 그게 아니고 그곳 출신 여자프로 골프선수가 첫 우승을 하고 나서 그곳 친지들에게 한턱 쏘는 자리라고 했다. 갑자기 주위가 소란스럽더니 주인공이 나타났다. TV에서 본 동그랗고 예쁜 얼굴이 햇빛에 그을여서 까무잡잡했다. 책상을 갖다놓고 그는 동네사람들에게 기념 사인을 해주었다. 얼떨결에 나도 사람들을 따라 줄을 섰다. 여자프로 골프선수에게서 사인을 받기는 처음이었다. 명함을 내밀며 우승을 축하하자 그는 특유의 미소를 짓더니 골프교수님이시군요 하며 굵은 사인펜으로 멋지게 사인을 해주었다.

억겁의 세월, 외설악으로부터 발원하여 원통시내를 감싸고 흐르는 소양강 상류의 자갈밭은 초등학교 시절 뽀미에게는 잊혀지지 않는 추억을 담고 있었다.

유난히 운동을 좋아했던 그가 태권도를 배우려고 하자 이를 마뜩치 않게 여긴 어머니는 계집애가 웬 태권도냐며 이왕이면 골프나 하라고 무심코 던진 말이 씨가 될 줄은 몰랐다. 그가 초등학교에 다니던 시절 원통의 골프 환경은 열악하기만 했다.

인구 5천여 명의 작은 도시에 골프연습장이라곤 단 한 곳뿐이었는데 그나마 시설이 낙후되어 아직도 70년대식 그대로였다.

가정형편은 그에게 골프를 뒷바라지해줄 여유가 없었다. 홍천중학교를 거쳐 수원에 있는 고등학교로 전학하면서 골프는 계속했지만 실력은 늘지 않았다. 2007년 고등학교를 졸업하던 해 8월 그는 프로로 전향했지만 허리를 다쳐 시드배정을 받는데 실패했다. 이듬해 2부 투어에서 상금왕이 되면서 2009년 정규투어의 전 경기출전권을 확보했다.

데뷔 첫해 그는 냅스 마스터피스에서 연장전까지 가는 접전 끝에 US오픈에서 우승한 박인비를 누르고 프로무대에서 첫 승자가 됐다. 운이 좋았다고 했다. 하지만 운도 준비된 자에게만 주는 신의 선물이다.

올 2010년 한국여자 프로골프계는 군웅할거시대와 같아 승자들이 대거 나타났지만 그는 멘탈에서 강한 모습을 보이며 파죽지세로 3승을 건져 올렸다. 그제 하이마트 2010 한국여자 프로골프대상 시상식에서 그는 다승왕, 최저 타수상, 상금왕 그리고 대상 등 무려 4개의 상을 휩쓸었다. 프로데뷔 이후 2년 만에 명실상부한 한국여자 프로골프계의 여왕의 자리에 올랐다.

마침 일본프로테스트에 참가하느라 시상식에는 참석하지 못했지만 동영상으로 밝힌 소감에서 그는 내년에도 돈을 많이 벌겠다며 팬들의 응원을 부탁했다.

프로는 상금으로 말한다고 하지만 돈보다 더 중요한 것은 인격을 연마하여 훌륭한 선수가 되는 일이다. 오래오래 팬들로부터 존경받는 뽀미가 되길 기대해 본다.

버디 이야기

필드에 나가서 골프를 치다가 버디를 하면 골퍼들은 순간 뿅간다. 기분이 짱이다. 하지만 아마추어는 다음 홀에서 버디 값을 치른다. 흥분을 해서 몸속의 아드레날린의 분비가 많아졌기 때문이다.

버디란 한 홀에서 기준타수보다 한 타 적게 친 것을 말한다. 버디는 마음먹는다고 되는 것은 아니다. 어떻게 하다 보니 되는 것이다. 그래서 사람들은 버디를 운이라고 한다.

버디버디 하면서 실제 그 말이 어떻게 생겨서 유래됐는지 아는 사람들은 많지 않다.

원래 '버디'라는 용어가 생기기 전에 골퍼들은 그냥 언더 파라고 했다고 한다. 그러다가 '새'를 뜻하는 버디(birdie)란 말이 생긴 것은 1899년 미국 뉴저지주에서였다고 한다. 그러니까 골프의 고향인 스코틀랜드가 아닌 미국에서 생긴 것이다.

화창한 어느날 뉴저지주에 있는 아틀란틱 시티CC에서 3명의 골퍼가 골프를 치고 있었다. 조지 A 크럼프, 윌리엄 폴트니 스미스, 그리고 그의 동생 앱 스미스 3명은 함께 골프를 치다가 놀라운 광경을 목격했다. 조지 A 크럼프가 날린 세컨드샷이 너무 강하게 맞아 그린을 넘어 날아가다가 마침 날아가는 새를 맞추고 말았다. 순간 새는 떨어져 죽고 오비가 날 뻔한 볼을 새를 맞추는 통에 그린으로 떨어졌는데 묘하게 홀컵에서 10cm 근처였다고 한다. 크럼프는 행운의 볼을 퍼터로 홀인시켜 당시 표현으로 '1언더 파'를 기록했다. 그런 일이 있은 후 크럼프의 놀라운 샷을 목격한 이들은 1언더 파를 '버드(새)'라는 말로 부르기 시작했고 그 말이 골퍼들의 입을 통해 널리 퍼지다 보니 '버디'가 됐다는 것이다.

새의 비명횡사로 버디라는 새 용어를 만들어낸 조지 A 크럼프는 훗날 묘하게 인근 지역에 파인 밸리라는 골프장을 만들었고 운영은 윌리엄 스미스가 맡으면서 버디라는 용어는 더욱 실감나게 확산됐다.

뉴저지주에 있는 클레 맨튼이라는 작은 도시 근처 바닷가에 자리한 파인 밸리 골프장은 매 2년마다 선정하는 100대 골프장에서 계속해서 1위 자리를 지킨 세계적인 친환경골프장으로 이름이 난 유명 골프코스다.

떨이 골프문화

"지금 제일하고 싶은 것이 무엇이지요?"

기자가 지방의 한 초등학교를 방문하여 골프를 배우고 있는 학생들에게 묻자 그들은 한결 같이 골프장에 가서 원 없이 골프를 쳐보는 것이라고 했다.

학교에서 마련해준 닭장 같은 좁은 골프연습장에서 연습하는 그들에게 골프장에 나갈 기회는 가물에 콩나듯 하고 그나마 파3 골프장이 고작이기 때문에 선수들이 시합에 나가면 어려움이 많다고 담당선생님은 하소연한다. 더군다나 국내 골프장들은 이들 주니어선수들에게 아무런 할인혜택도 주지 않는다고 했다.

"골프가 좋아서 시작한 어린 학생들은 대부분 가정형편이 어려워서 골프장에 나가 필드감각을 익힌다는 것은 상상도 할 수 없어요."

골프를 가르치는 선생님의 말이다. 그런데 국내 골프장들의 모임단체인 골프장협회는 어린 꿈나무골퍼들을 외면하면서 골프가 더 이상

사치운동이 아니라고 정부를 상대로 특별소비세폐지를 위해 사투를
벌이고 있다. 그러나 정부는 그린피를 먼저 인하하면 고려해 보겠다
는 눈치인 것 같고 골프장들은 정부가 먼저 특소세를 폐지하면 그린
피를 내리겠다는 식의 줄다리기 양상으로 보아 조만간 해결의 실마
리가 풀릴 가능성은 없어 보인다.

설상가상 신규골프장은 계속 늘어나고 골프장을 찾는 가용인구는
줄어 한국도 일본을 답습하는 것 아니냐며 불안에 떨며 전전긍긍하
고 있는 골프장들도 있다고 한다. 그 동안 골프장들은 골퍼들을 볼모
로 많은 수익을 얻어온 것도 사실이다. 한때 천정부지로 치솟았던 회
원권시세가 이를 증명한다. 이제 골프장들은 기존의 패러다임에서
벗어나 골퍼들을 위해 뭔가 새로운 골프문화를 조성해야 할 때가 됐
다고 본다.

미국에 가보면 그러한 사례를 쉽게 찾아볼 수 있다. 그곳 골프장들
은 솔선해서 아마추어골프대회를 자주 개최하는가 하면 트와일라이
트(Twilight)제도를 실시하고 있다. 우리말로 하면 석양골프 내지는
순수 한국말로 떨이골프쯤으로 표현이 가능할 것이다. 오후 마지막
팀이 지나간 시점부터 땅거미가 질 무렵까지 자투리시간을 골퍼들에
게 싼값에 팔아 골프 칠 기회를 부여하는 것이다. 어린 꿈나무들도
자투리 시간을 이용하여 골프장 잔디를 밟아 볼 수 있는 기회가 주어
진다면 그 이상 좋은 선물은 없을 것이다. 또한 골프마니아들은 싼값
에 골프를 즐길 수 있어 좋고 골프장은 자투리시간을 팔아 추가 수입
을 올릴 수 있으니 일거양득이 아닐 수 없다.

골프장들이 그동안 골퍼들로 인해 먹고 살았다면 이제는 베풀 때도 됐다. 인생은 주고받는 것이라고 했다. 새로운 골프문화인 떨이골프가 자리잡을 수 있는 날을 손꼽아 기다려본다.